Ananda Serné

Nachtblüher

Ananda Serné

Nachtblüher

Aus dem Niederländischen von
Andrea Kluitmann

Roman

Weissbooks

Der Verlag dankt dem Nederlands Letterenfonds
für die großzügige Unterstützung.

Nederlands letterenfonds dutch foundation for literature

FSC
www.fsc.org
MIX
Papier aus verantwortungsvollen Quellen
FSC® C014889

Die Originalausgabe erschien unter dem Titel »Nachtbloeiers«
bei Uitgeverij Cossee.

Aus dem Niederländischen von Andrea Kluitmann
Umschlag, Gestaltung und Satz: Harald Hohberger Grafikdesign, Berlin
Unter Verwendung eines Motivs von: © Ananda Serné, »Siren's Song«,
fotografiert von: © Gert Jan van Rooij
Fotografien im Innenteil: © Ananda Serné
Druck und Bindung: Friedrich Pustet GmbH & Co. KG
ISBN 978-3-86337-212-5
www.weissbooks.de
insta: weissbooksverlag
info@weissbooks.de

Es ist bekannt, dass etwas erst wertgeschätzt wird, wenn es nicht mehr da ist. Das gilt für Menschen, die aus unserem Leben verschwinden, und ebenso für etwas so Alltägliches wie Schlaf. Je weniger wir schlafen, desto mehr denken wir daran. Ich kenne mich da aus, ich arbeite beim Norwegischen Institut für Schlaflosigkeit. In einem weiß verputzten Gebäude am Wasser dokumentiert das Institut alles, was mit Schlaf und dem Mangel daran zu tun hat. Wir archivieren Filme, Bücher, Artikel, Tonfragmente, Fotos und Gemälde, aber auch wissenschaftliche Dokumente aller Art. Außerdem organisieren wir regelmäßig öffentliche Veranstaltungen. Heute zum Beispiel gibt es eine Filmvorführung zum Thema Schlaf. Die Aufnahmen wurden von Leuten wie du und ich gemacht, allerdings vor einer ganzen Weile. Menschen, die genügend Schlaf bekamen, sahen anders aus als wir: Sie hatten Farbe im Gesicht und fröhliche Augen. Sie machten gern Fotos von sich selbst.

Der Saal wird dunkel, jemand im Publikum räuspert sich. Von der Seite betritt Andreas das Podium, Hände in den Taschen, auf seiner Stirn glänzt das Licht der Spotlights.

»Hallo zusammen«, sagt Andreas. Noch ist es nicht still im Saal. »Schön, dass ihr zu unserer zweiten Filmvorführung gekommen seid. Unser Ziel ist es, das umfassende Bild einer Gesellschaft zu vermitteln, in der man besser schlief als heutzutage. Bei unserer ersten Filmvorführung haben wir einen schlafenden Bürgermeister betrachtet. Jene Bilder stammten aus der jüngsten Vergangenheit. Dieses Mal gehen wir weiter zurück, wir sehen uns analoges Material aus den 1970er Jahren an. Die Bilder wurden von einem jungen Schiffer gemacht. Auf Frachtschiffen war damals oft die gesamte Familie an Bord, wir sehen seine Eltern und seine Schwester. Auch der Schiffer selbst taucht schlafend auf, vermutlich von einem Familienmitglied gefilmt.«

Auf der Leinwand erscheint ein blaues Bild von Bäumen.

»Der Mann begann um sein zwanzigstes Lebensjahr herum, seine Umgebung aufzunehmen. Er filmte ohne Stativ, abgesehen von seiner Familie besteht das Material aus stundenlangen Aufnahmen unbefestigter Flussufer.«

Andreas sagt die Wörter schnell hintereinander. Jetzt macht er eine kurze Pause und atmet tief ein. Die Leinwand zeigt noch immer die blauen Bäume.

»Mir fällt an diesen Bildern auf, dass unterschiedliche Landschaften an dem Mann vorbeiziehen, aber dass es ihm unmöglich ist, diese zu berühren. Alles ist immer aus der Ferne abgebildet. Aus den Bildern spricht ein heftiges Verlangen nach dem Geschehen am Wall, nach Dingen, die für ihn unerreichbar sind.«

Andreas richtet die Augen auf das Bild.

»Für mich illustriert das Material, dass ausgeruhte Menschen sich besser konzentrieren konnten als wir. Eigentlich passiert nichts, und dennoch filmt der Mann immer weiter.«

Andreas schaut sich im Publikum um. Sein Blick wandert hinauf, und er nickt einem Punkt oben im Saal zu. Die blauen Bäume geraten in Bewegung, eine Flusslandschaft schaukelt vorbei. Nach ein paar Minuten erscheinen Leute im Bild. Eine lachende junge Frau, die ein frisch geborenes blaues Baby in die Höhe hält. Das nächste Bild springt in ein Zimmer, in dem der Schiffer im Tiefschlaf liegt. Anschließend sehen wir, was sich an Land abspielt. Vom Schiff aus zoomt der Mann auf einen Zirkus mit Dromedaren, rennende Pferde auf einem sandigen Pfad, einen Bergrücken, nackte Körper am FKK-Strand. Vielleicht hat ein nicht korrekter Weißausgleich oder Verschleiß die Farben angegriffen. Das Wasser in den Aufnahmen ist blau, die Gebäude an Land sind blau, und auch die Haut der schlafenden Menschen hat oft einen leicht hellblauen Farbstich, als würde das Gefilmte unter dem Wasserspiegel stattfinden.

Jetzt sehen wir wieder jemanden im Schlaf, einen älteren Mann.

Die Vorführung endet mit dem Bild eines Baggergreifers, der Salz aus dem Laderaum des Schiffes schöpft. Während der Greifer durch die Luft schwebt, strömen die Salzkörner an allen Seiten zurück in den Laderaum. An Land stehen die Familienmitglieder aus dem Filmanfang, in blauen Overalls schauen sie zu den steilen Salzhügeln und den Lastwagen.

Die Vorführung dauert etwa zwanzig Minuten, danach versammeln sich alle in der Institutshalle. Zusammengekniffene Augen. Das Gebäude hat eine gläserne Rückfront, und man blickt übers Meer. Der Raum erinnert an die Abflughalle auf einem Flughafen: dieselben gedämpften Farben, man schaut auf die Uhr. Die Besucher bilden kleine Gruppen um die Stehtische mit Schokolade und Minicroissants. Andreas steht neben dem Direktor. Er gestikuliert wild mit den Händen. Der Direktor lacht, Andreas lacht auch.

Wenn Andreas etwas machen will, dann macht er es auch. Selbst mache ich oft das Gegenteil von dem, was ich will. Oder ich mache überhaupt nichts. Ich habe mal versucht, Andreas das zu erklären. Wir saßen in einem selbstfahrenden Taxi und fuhren zu einem Jahresabschlussfest des Instituts. Andreas' Schuhe waren blank poliert, und ich trug ein Kleid. In den Wochen davor hatte ich fast jeden Abend den Versuch unternommen, einen Forschungsantrag zu formulieren, unzählige Ansätze, in denen ich versuchte zu erklären, wie ich den Zusammenhang zwischen Partnerwahl und Schlafmangel untersuchen wollte. Ziel war eine Doktorandenstelle am Institut in Zusammenarbeit mit der Universität, aber über ein paar Zeilen kam ich nicht hinaus. Ich würde es bei der nächsten Stellenausschreibung noch mal probieren.

Im Taxi scrollte Andreas durch den Text seiner Rede.

»Wann hörst du was von diesem Forschungsantrag?«, fragte er.

Ich schaute nach draußen. Ich dachte, Andreas würde weiterlesen, seine Frage würde vorbeischnellen wie die Sträucher am Straßenrand. Andreas sah von seinem Bildschirm auf.

»Ich versuche es bis zur nächsten Deadline«, antwortete ich. »Dann habe ich noch ein paar Monate zum Einlesen.«

»Du liest dich schon seit zwei Jahren ein«, sagte er.

Limonen, Reis, Grünkohl, zählte ich in Gedanken auf.

»Ich kann ein gutes Wort für dich einlegen.«

»Können wir noch schnell im Supermarkt vorbei?«

»Was?«

»Der Kühlschrank ist fast leer, und wir sind viel zu früh.«

»Ich habe als Fahrtziel das Institut eingegeben, keine Ahnung, wie man das ändert.«

»Einfach auf Stopp drücken.«

Andreas drückte mit mehreren Fingern gleichzeitig auf das Display.

Loser, dachte ich. Aber ich sagte nichts.

Das Taxi hielt am Straßenrand. Links von uns war ein Parkplatz, rechts standen Reihenhäuser, kein Mensch auf der Straße.

»Und jetzt?«, fragte Andreas.

»Jetzt müssen wir die Adresse des nächsten Supermarkts eingeben.«

»Da blinkt ein rotes Lämpchen auf dem Display, was bedeutet das?«

»Keine Ahnung.«

Es lief darauf hinaus, dass wir zu spät kamen. Es sei das erste Mal in seinem Leben, dass er zu irgendwas zu spät kam, sagte er danach.

Das war vor ein paar Monaten, als wir noch zusammen waren. Ich schaue zur Sonne, die hinter dem Glas allmählich ins Meer sinkt, und schiebe mir das vierte Stück Schokolade in den Mund.

»Da schmeckt's aber jemandem.« Ratna klopft mir lachend auf den Arm. Sie zeigt auf die Silberpapierchen auf der Tischplatte, die Form der Schokolade ist noch erkennbar.

Zusammen mit Ratna arbeite ich in der Institutsbibliothek. Unsere Aufgaben: das Sortieren von Dateien und Büchern, Holzstühle verschieben und viel freundlich lächeln. Ratna ist drei Jahre jünger als ich. Sie hat Haare bis zur Taille und kann hundert Sachen gleichzeitig erledigen. Wir arbeiten dieselbe Stundenzahl am Institut, aber sie studiert irgendwie nebenher auch noch in Vollzeit. Nach der Schule wurde sie ernsthaft krank, zwei Jahre lang ist sie kaum aus dem Bett gekommen. Jetzt hat sie das Gefühl, diese beiden Jahre nachholen zu müssen, kraulen zu müssen, während der Rest von uns Brust schwimmt. Ratna hat einen guten Grund für ihre Verzögerung, denke ich manchmal. Eine Geschichte, die andere verstehen. Ich hingegen habe keine Entschuldigung dafür, warum mein Forschungsantrag einfach nicht fertig wird.

»Kommst du noch mit auf einen Drink?«, fragt Ratna.

»Ich will eigentlich zu Hause noch ein wenig arbeiten«, sage ich.

Ich nehme meine Jacke von der Garderobe und folge dem Pfad am Wasser entlang, in fünf Minuten bin ich an der Bushaltestelle.

Im Bus denke ich an den Mann aus dem blauen Film, wie er vor allem die Flussufer aufnahm und seine Familie vergessen zu haben schien. Wenn du mich fragst, wollte er einfach weg. Ein Schiff ist schließlich eine Art Insel, ein begrenzter Raum mit immer denselben Menschen an Bord. Der Mann wollte weg von diesen Leuten in Overalls, die nach Schweiß und Öl rochen. Die Flussufer waren Symbol für andere Möglichkeiten: Zirkuspferde, stundenlang am Strand liegen, Wein mit Leuten trinken, die nach Büro riechen und nicht nach körperlicher Arbeit.

Der Mann aus dem blauen Film ist mein Vater. Während der Vorführung war mir nicht so recht bewusst gewesen, dass die Menschen auf der Leinwand meine Familie sind, dass der blaue schlafende Mann mein Vater ist. Als wir noch zusammen waren, hatte ich Andreas die Filmaufnahmen mal gezeigt. Ein paar Wochen später hatte das Institut eine anständige Subvention bekommen, von der unter anderem ein Filmprojektor gekauft wurde. Ein Filmprogramm sollte zusammengestellt werden, und die Bilder meines Vaters würden ausgezeichnet dazu passen, sagte Andreas. »Prima«, antwortete ich.

Erst als ich das Auditorium verließ, fragte ich mich, ob ich meine schlafende Familie nicht gegen die Blicke des Publikums hätte schützen müssen.

Forschungsantrag

Diese Studie wird untersuchen, ob das Ausmaß, in dem Individuen sich von ihren Partnern verstanden und bestätigt fühlen, Einfluss auf die Schlafqualität hat. Faktoren wie Bewegung im Schlaf werden ebenfalls einbezogen.

Plan:

- Stichproben bei etwa 500 zusammenlebenden Paaren (30 bis 85 Jahre)
- Interviews mit Menschen, die in einer Schlummerklinik gelandet sind

Im Winter bleibt es in Norwegen lange dunkel. Ich bin schon eine Weile wach, bleibe aber im Bett in der Hoffnung, noch einmal einzuschlafen. Durch die Lamellen sehe ich, wie es allmählich Morgen wird. Seit Schluss ist mit Andreas, schlafe ich weniger denn je. Sogar die Tropfen helfen nicht. Sobald sich die Schlafenszeit nähert, verspüre ich Nervosität, als wäre Einschlafen eine Leistung, etwas, wobei ich versagen kann. Gestern war ich bei meinen Hausarzt. Ich erzählte ihm über meine zunehmende Angst, nicht schlafen zu können, dass ich genau wie alle anderen sowieso schon wenig schlief, es jetzt aber noch schlimmer zu werden schien. Der Hausarzt meinte, es könne helfen, ein Schlaftagebuch zu führen.

»Vielleicht hast du deinen Kaffeekonsum unbemerkt gesteigert«, sagte er. (Er weiß nicht, dass Schluss ist mit Andreas.)

Er gab mir einen Fragebogen, den ich jeden Morgen und jeden Abend ausfüllen soll.

Morgens auszufüllen

Wann sind Sie ins Bett gegangen:
Wann sind Sie eingeschlafen:
Wie oft/wie lange waren Sie wach:
Woran dachten Sie:
Was haben Sie gemacht:
Wann sind Sie aufgestanden:
Schlafdauer insgesamt:

Abends auszufüllen

Anzahl / Dauer der kurzen Schlafmomente tagsüber:
Beschäftigungen / Umstände:
Gedanken / Sorgen:
Koffein / Kaffee / Tee:
Alkohol / Nikotin / Drogen:
Medikamente:
Schlaftropfen:
Müdigkeit:
Reizbarkeit:

»Dafür habe ich überhaupt keine Zeit«, erwiderte ich. »In meiner Freizeit muss ich an meinem Forschungsantrag arbeiten.«

»Es dauert nur ein paar Minuten«, sagte der Hausarzt.

»Soll ich bei *Reizbarkeit* selbst angeben, wie reizbar ich an diesem Tag war?«, fragte ich, während ich mir die Liste ansah. »Das kommt mir nicht so objektiv vor. Braucht man dafür nicht jemanden? Einen Partner oder so, der beurteilt, wie man gelaunt ist?«

»Partner sind oft ganz und gar nicht objektiv. Du kannst das sehr gut selbst beurteilen.«

Der Hausarzt war einen Moment still.

»Statt Kaffee könntest du auch Tee trinken. Magst du Tee?«

»Ich habe nicht wirklich eine Meinung zu Tee«, antwortete ich. »Eigentlich wollte ich fragen, ob ich stärkere Schlaftropfen bekommen könnte.«

»Kamillentee, den mag ich persönlich sehr«, sagte der Hausarzt. »Kamille hat eine beruhigende Wirkung, ist eigentlich das Gegenteil von Schlafmohn, das macht einen gerade wach. Kennst du diese Pflanze?«

»Äh, ich wüsste gern mehr über Pflanzen. Ich habe

noch nie einen Garten gehabt, deshalb konnte ich mich bisher nicht richtig damit auseinandersetzen.«

Der Hausarzt tippte etwas in seinen Computer.

»Gut. Ich verschreibe dir stärkere Schlaftropfen, aber dann hast du die maximale Dosis auch fast erreicht. Wenn das nicht funktioniert, werden wir uns was anderes überlegen müssen, um dich wieder zum Schlafen zu bringen.«

Beim Frühstück beantworte ich die ersten Fragen des Schlaffragebogens. Ich beschließe, zunächst wahrheitsgemäß zu antworten, später kann ich immer noch ein paar Zahlen verändern. Zur Verhinderung von Unfällen empfiehlt die Regierung allen eine Mindeststundenzahl Schlaf (sechs). Das klappt bei fast niemandem. Der Hausarzt sagte, ich müsse mir über meine Stundenzahl keine Sorgen machen, die Antworten fielen unter die Schweigepflicht, aber man kann nie wissen. Er könnte alles einem Schlafwächter stecken. Obwohl ich mir das bei meinem Hausarzt nicht vorstellen kann.

Die ersten Notizen in meinem Schlaftagebuch sehen so aus:

Wann sind Sie ins Bett gegangen: 00:05
Wann sind Sie eingeschlafen: 00:50
Wie oft/wie lange waren Sie wach: von 04:00 bis 06:30
Woran dachten Sie: dass ich wenig Freunde habe in Norwegen, keinen Job, der mich befriedigt, dass mein provisorisches Apartment furchtbar leer ist und dass ich, bevor ich zur Arbeit gehe, diesen Fragebogen ausfüllen muss
Was haben Sie gemacht: nichts
Wann sind Sie aufgestanden: wach um 8:00, um 09:30

aus dem Bett
Schlafdauer insgesamt: 4 Stunden und 40 Minuten

Nach zehn Uhr abends sind viele Leute mit ihren Schlafritualen zugange. Um nur ein kleines Beispiel zu geben: Läuft ein Abend gut, nehme ich um Punkt 23:00 Uhr meine Tropfen, steige ins Bett und höre mir Naturgeräusche an, bis ich einschlafe. Sobald die Gedanken *Hilfe, ich kann nicht schlafen* oder *Was mache ich eigentlich in Norwegen* durch meinen Kopf geistern, kann ich Schlaf sofort vergessen. Als Schifferkind hatte ich lange Zeit ein romantisches Bild vom Umziehen. Ich dachte, ich würde an neuen Orten ganz von selbst Freunde finden. Auch mein Vater hatte diese Beweglichkeit im Blut. Es fiel ihm schwer, immer an demselben Ort zu bleiben. Aus Bewegung, dem Unterwegssein, schöpfte er Energie. Wäre er eine Pflanze in einem Blumenladen, würde die Verkäuferin raten, sie immer wieder umzustellen, sie jeden Tag in ein anderes Zimmer zu tragen.

Mein Handy zeigt einen verpassten Anruf von Andreas an. Es ist Samstag, wahrscheinlich ruft er wegen was Persönlichem an.

»Hey«, sage ich, als ich ihn zurückrufe.

...

»Sorry, was sagst du?«

...

»O ja, ich hab gesehen, dass du angerufen hast, darum rufe ich zurück.«

...

»Nein, nein, es geht mir sehr gut.«

...

»Wirklich, überhaupt kein Grund, dir Sorgen zu machen.«

...

»Ich habe einen großen Kaktus gekauft, und das Apartment wirkt schon viel weniger leer.«

...

»Ja, also, bis Montag, ja.«

...

»Tschüss.«

Ich schalte mein Handy aus, ich habe mir vorgenommen, am Wochenende nicht an Andreas zu denken.

Auf dem Fluss hatten meine Eltern kaum Kontakt zur Außenwelt, es gab noch kein Internet, und sie konnten keine

Post empfangen. Beruhigend kommt mir das vor. Wenn jemand ihnen etwas schicken wollte, ging der Brief erst zu meinen Großeltern. Hin und wieder, wenn das Schiff an Zeeland vorbeikam, standen mein Opa und meine Oma auf einer Brücke über dem Schelde-Rhein-Kanal, um Post an einem Seil hinabzulassen. Meine Mutter steuerte das Schiff, und mein Vater stand an Deck bereit, um das Päckchen aufzufangen. Ein Mal ging es schief, und es fiel ins Wasser. Zum Glück trieb das Päckchen wegen der Luftpolster in dem Plastikumschlag an der Oberfläche. Mit einem langen Haken fischte mein Vater es aus dem Wasser. Von der Kabine aus machte meine Mutter ein Foto von Papa mit dem nassen Päckchen in der Hand.

Ohne Ohrhörer schlafe ich nicht ein. Sie dämpfen die Geräusche und funktionieren wie eine Art Knopf, der mir erlaubt zu verschwinden. Seltsamerweise hat Andreas das nie mitbekommen. Jeden Abend drückte ich mir die Ohrhörer erst in die Ohren, nachdem seine Atemzüge gleichmäßig geworden waren. Ich hörte mir Vogelstimmen an der Küste an. Geräusche, die sich auch mein Vater anhörte, wenn er nicht schlafen konnte. Andreas' Atem wurde von den Möwen, Perlentauchern und Küstenseeschwalben übertönt. Ich hatte Angst, er würde es seltsam finden, bei mir lief alles nun mal nicht so selbstverständlich wie bei ihm. Weil er früher einschlief, war er morgens früher auf den Beinen als ich. Immer öfter witzelte er über meine langsamen Vormittage, er fand, ich sei faul und hätte in dieser verschlafenen Stunde an meinem Forschungsantrag schreiben können. Darum versuchte ich, abends so schnell wie möglich nach ihm einzuschlafen, was natürlich genau das Gegenteil bewirkte.

Es hätte Teil der Einleitung meines Forschungsantrags sein können:

In den vergangenen fünf Jahren hat die Verwendung von Schlafmitteln rapide zugenommen. Abgesehen von Arbeitsdruck, Stress, Blaulicht und Koffein kann auch die Person, mit der man das Bett teilt, großen Einfluss auf die Schlafqualität ausüben.

(Außerdem kann besserer Schlaf dazu führen, dass man den eigenen Partner in einem positiveren Licht sieht.)

Wie sich Schlaflosigkeit entwickelte

Früher waren wir weniger reizbar, weniger ängstlich.

Je weniger wir schliefen, desto empfindlicher reagierten wir auf Schmerzen, aber auch auf emotionale Ereignisse.

Es fiel uns schwerer, Entscheidungen zu treffen, sowohl das Kurz- als auch das Langzeitgedächtnis wurden in Mitleidenschaft gezogen.

Wir konnten uns weniger gut konzentrieren.

Wir wurden impulsiv, zogen die unverzügliche Befriedigung dem Warten auf ein besseres Ergebnis vor.

Die Zahl der Schlaflosen wurde immer größer. Tausende, Millionen, Milliarden. Letztendlich fast jeder.

(Genaue Daten nachschlagen)

Andreas ist nur ein paar Monate älter als ich, und trotzdem arbeitet er schon seit vier Jahren als Hauptkonservator beim Institut für Schlaflosigkeit. Andreas hat eine feste Stelle, einen festen Friseur, eine Wohnung, ein Sparkonto. Und er läuft Marathon. In den zwei Jahren, in denen wir eine Beziehung hatten, verschwieg ich ihm, dass ich kein Sparkonto besitze.

Wir haben uns in Kopenhagen kennengelernt, während eines Schlafforschungs-Kongresses, auf dem ich durch mein Praktikum gelandet war. Ich hatte meinen Master in Psychologie gerade abgeschlossen und mich intuitiv für Kopenhagen entschieden. Ein ehemaliger Dozent hatte dieses englischsprachige Praktikum empfohlen, und mein Bruder schwärmte noch immer von der Stadt, weil er irgendwann mal eine dänische Affäre hatte.

Als ich Andreas kennenlernte, war ich fast ein Jahr lang mit niemandem im Bett gewesen. Die Gelegenheit hatte sich nicht ergeben, und außerdem teilte ich mein hellhöriges Apartment mit zwei Studentinnen, die um einiges jünger waren als ich. Als Andreas mich nach einem Abend in einer Bar einlud, mit in sein Hotel zu kommen, hatte ich vor allem meine Mitbewohnerinnen im Kopf. Es geschah nicht häufig, dass ich später nach Hause kam als sie. Sie dachten, ich sei einsam in Kopenhagen. Wenn sie in der Küche waren, schnappte ich Satzfetzen auf. »Sie hockt schon den ganzen Tag drinnen«, hörte ich zum Beispiel. In der Wohnung war ich angespannt und fühlte mich beobachtet. Manchmal hing ich absichtlich lange im Supermarkt herum. Nur damit es so aussah, als hätte ich Freunde, mit denen ich mich nach meinem Praktikumstag verabredete. Ich las Etiketten, um die Zeit totzuschlagen. Inzwischen kannte ich die Zutaten sämtlicher dänischer Lebensmittel auswendig. Es konnte nicht schaden, Andreas' Einladung an dem Abend, als wir uns kennenlernten, anzunehmen und mal ein wenig länger wegzubleiben.

Andreas verdiente genug, um ein Taxi zu bezahlen. Gemeinsam fuhren wir durch die nächtliche Stadt. Ich schaute nach draußen, und Andreas beantwortete E-Mails auf seinem Handy. Das Taxi setzte uns vor einem Vier-Sterne-Hotel ab. Ohne etwas zu sagen, gingen wir über den weichen Teppich durch einen Gang. Das Zimmer war aufgeräumt und sachlich, genau wie Andreas, aber auf beruhigende Weise; eine willkommene Unterbrechung der lärmigen Monate mit meinen Mitbewohnerinnen. Zum ersten Mal seit Langem fühlte ich mich unbeschwert. Ich zog meinen Pullover aus und ließ mich rücklings auf die kühle Bettdecke fallen.

»Bleibst du über Nacht?«, fragte Andreas zwei Stunden später.

Ich antwortete, ich sollte lieber nach Hause gehen, mit einem Unbekannten im Bett sei ich eine miserable Schläferin. »Ich würde dich mit meinem Rumgewühle bloß wach halten.«

»Kennst du die Arbeiten von dem Filmemacher Apichatpong Weerasethakul?«, fragte er. »Ich habe einen Artikel gelesen, in dem er schrieb, er fände es nicht schlimm, wenn Zuschauer einschlafen, während sie sich seine verträumten Filme ansehen, er würde das sogar als

Kompliment auffassen. *Syndromes and a Century* ist einer der wenigen Filme, die ich auf dem Computer habe. Wir könnten uns ein Stück ansehen, wenn du magst? Der Film ist sowieso eine echte Empfehlung, und vielleicht hilft er dir ja beim Einschlafen.«

Nach der Hälfte von *Syndromes and a Century*, ich glaube ungefähr an der Stelle, wo eine Gruppe von Leuten geraume Zeit um eine Orchidee herumsteht und leise über die Pflanze redet, schlief ich neben Andreas ein.

Morgens musste er schon früh zum Bahnhof. Er gab mir einen Kuss auf die Stirn und sagte, ich könne so lange liegen bleiben, wie ich wolle. Wenn ich nur um elf Uhr auscheckte. Vom Zug aus schrieb Andreas, er hoffe, wir würden uns öfter sehen.

Als ich ihn in der Bar kennenlernte, hatte ich den Eindruck, Andreas sei berechnend, effizient und nicht der Typ Mann, mit dem ich mich längere Zeit in einer Beziehung sah. Seine Vorliebe für langsame Filme und seine Bereitwilligkeit, mich weiterhin zu treffen, obwohl wir in verschiedenen Ländern wohnten, widersprachen der Effizienz und sorgten dafür, dass ich ihn besser kennenlernen wollte.

Von da an ging alles sehr schnell. Weil ich mehr Freizeit hatte als Andreas und auch weil es bei Andreas keine Mitbewohner gab, fuhr ich öfter zu ihm als umgekehrt. Nach ein paar Monaten war mein Praktikum vorbei, und ich zog von Kopenhagen zu ihm nach Stavanger.

Stavanger ist eine kleine Stadt im Süden Norwegens. Seit der Trennung von Andreas wohne ich hier in einem modernen Apartmentkomplex. Das Gebäude hat eine Holzfassade, die bei Regen nach Tannenwald riecht. Eigentlich kann ich das nicht bezahlen, aber das Zwei-Zimmer-Apartment gehört Andreas' Bruder, der vorübergehend im Ausland ist. Ich miete es zu einem Freundschaftspreis. Damit das Wohnzimmer weniger leer ist, habe ich zwei Pflanzen gekauft, einen Kaktus und eine Aloe vera. Über das Sofa habe ich eine große Wolldecke gelegt.

Als ich Ratna zu mir einlud, öffnete ich die Tür mit: »Nicht erschrecken, ich bin wirklich ziemlich normal, bloß habe ich kaum Sachen.« Sie schaute bedenklich, als ich das sagte.

Ratna kam schon in der ersten Woche zu Besuch, der Kaktus und die Aloe vera waren noch nicht da. Ich hatte Nudeln gemacht, und wir saßen uns gegenüber am Tisch. Ratna schaute an mir vorbei zu ihrem Spiegelbild in dem großen dunklen Fenster. »Du solltest wirklich was auf die Fensterbank stellen, bevor du Leute einlädst«, sagte sie.

Später fiel mir ein, dass ich in den vergangenen zwei Jahren statt Sachen Erfahrungen gesammelt hatte. Die kann man sich nicht in die Schränke stellen, und auch nicht auf die Fensterbank. Außerdem sind es nicht die Art von Erfahrungen, von denen man gern Souvenirs hätte.

Während sie Salat nahm, fragte Ratna, ob ich nicht zurückwolle in die Niederlande, jetzt, da mit Andreas Schluss war. Vielleicht dachte sie an ihre Mutter, als sie das sagte. Ratnas Eltern hatten sich getrennt, als Ratna in der Grundschule war. Sie hatten sich während des Studiums an einer Universität in England kennengelernt und kamen beide aus dem Ausland. Ihre Mutter war nach dem Studium wegen ihres Vaters nach Norwegen gezogen und wohnt noch immer hier, aber in Ratnas Erzählungen klingt es, als hätte sie sich in Norwegen nie zu Hause gefühlt.

»Natürlich habe ich darüber nachgedacht«, antwortete ich.

Aber auch in den Niederlanden müsste ich von vorne anfangen, einen Job suchen, neue Freunde, einen Zahnarzt und eine Wohnung. Ich habe dort mehr Zeug als hier, das schon. Die gestapelten Kartons mit meinen alten Sachen stehen in der Garage meiner Mutter. Aber je länger ich in Norwegen bin, desto weniger bleibt von meinen Besitztümern übrig. Meine Mutter meinte, in den Kartons lebten Silberfischchen, die allmählich alles auffressen.

Als ich gerade bei Andreas eingezogen war, konnte ich nicht ahnen, dass sich mein Leben allmählich in seines verwandeln und uns das beide furchtbar nerven würde. Wenn ich es mit Abstand betrachte, vergleiche ich diese Verwandlung manchmal mit den Millionen Jahren der Evolution, in denen das Leben sich mit dem Tages- und Nachtrhythmus eines sich drehenden Planeten verflochten hat. Dieser Rhythmus ist in nahezu jeder Lebensform anwesend, ist so tief in uns verankert, dass er sogar fortgesetzt wird, wenn es kein Licht und keine Dunkelheit mehr gibt. Pflanzen in einem dunklen Schrank entfalten ihre Blätter, als nähmen sie die Sonne wahr, auch ohne sie zu sehen. Ein Wald, Bakterien, die Aloe vera auf meiner Fensterbank: allesamt folgen sie diesem Rhythmus. Dennoch unterscheidet sich der Rhythmus eines Waldes von dem eines Menschen. Mein eigener Rhythmus war anfangs anders als der von Andreas, aber wenn man zusammenlebt, gleichen sich Rhythmen oft an. Beide verschieben ihre Gewohnheiten ein wenig, manchmal verschieben sich die des einen mehr als die des anderen. Als ich nach Norwegen zog, stand in meinem Leben sehr wenig fest. Nachdem ich bei Andreas eingezogen war, übernahm mein Rhythmus allmählich die Bewegungen seines Lebens.

Als Hauptkonservator des Instituts observiert Andreas den Tages- und Nachtrhythmus von Menschen und damit einhergehend, wie empfindlich wir auf blaues Licht reagieren. Müdigkeit beeinflusst unser Gedächtnis und unsere Konzentration, wenn wir müde sind, werden wir impulsiv und schmerzempfindlicher. In Extremfällen kann Schlaflosigkeit tödlich sein (ohne Schlaf sterben Ratten innerhalb einer oder zwei Wochen). Als weltweit immer mehr Menschen an Schlaflosigkeit litten, explodierte der Markt für Schlafmittel. Fachmärkte für ergonomische Matratzen, Speziallampen und Schlaftropfen tauchten auf. In Norwegen entstand sogar der ehrgeizige Plan für Schlummerkliniken; besondere Pflegeheime, die auf Schlaflosigkeit spezialisiert sind.

Das Institut für Schlaflosigkeit sammelt alles zum Thema Schlaf. »Hellwach« steht auf der Broschüre, die das Institut herausgibt. Andreas hat genau den richtigen Charakter für einen Hauptkonservator, noch nie habe ich ihn an etwas zweifeln sehen. Er hat sein ganzes Leben am selben Ort gewohnt, das macht einen auch bodenständig. Auch seine Familie lebt schon seit Generationen an fast demselben Ort. Andreas heißt mit Familiennamen Voll-Hognestad. Voll und Hognestad sind die Namen von zwei Ansiedlungen in der Umgebung Stavangers. Und Andreas ist nicht der Einzige hier mit solchen Superwurzeln. Manchmal bekomme ich deswegen Beklemmungen, und manchmal bin ich neidisch.

Umzüge machen unschlüssig. Man lernt, dass es verschiedene Arten gibt, ein Leben zu führen, dass man sich auf Dauer ganz bestimmt an Linksverkehr gewöhnt. Nicht, dass Menschen, die nie umziehen, nun gleich unwandelbar wären. Es hat auch mit Persönlichkeit zu tun. Andreas' Persönlichkeit ist wie ein Bronzedenkmal. Einmal in eine Form gegossen, bleibt es, wie es ist. Die Hand gen Himmel gerichtet, war das schon, als würde er nach anderen Möglichkeiten greifen. Aber das ist eine Illusion, Andreas' Leben folgte ewig demselben Muster: jeden Samstagmorgen fischte er die Haare aus dem Abflusssieb in der Dusche, jeden Sonntagmorgen presste er seinen Körper gegen meinen. Und wenn sein Leben das Denkmal war, dann war mein Leben die grüne Korrosion, die die Bronze bedeckte.

In fast allem folgte ich ihm, weil es sich sicher anfühlte. Aber während der schlaflosen Nächte neben Andreas fragte ich mich allmählich, ob ich neben jemand anderem nicht besser schlafen würde. Meine Forschungsfrage über den Zusammenhang zwischen Partnerwahl und Schlafmangel entstand eigentlich dank ihm, weil er nämlich einfach schlief und mich das unglaublich störte.

Leitfaden für einen guten Schlaf

Frühstücken Sie an einem großen Fenster. Sorgen Sie dafür, am Tagesanfang möglichst viel Sonnenlicht zu bekommen. Vermeiden Sie Tunnel.

Hören Sie Aufnahmen von (beruhigenden) Naturgeräuschen.

Bewegen Sie sich ausreichend. Bewegen Sie sich vor allem morgens und nachmittags.

Essen Sie Bananen.

Halten Sie das Schlafzimmer kühl und dunkel.

Masturbieren Sie.

Hören Sie *white noise*, schaffen Sie sich einen Rauschgenerator an.

Essen Sie abends nicht zu viel, aber auch nicht zu wenig.

Vermeiden Sie Alkohol und Koffein.

Stellen Sie spätestens dreißig Minuten vor dem Schlafengehen alle intensiven Anstrengungen ein.

Vermeiden Sie Blaulicht.

Schauen Sie nicht mehr auf Bildschirme, und sehen Sie an hellen Sommerabenden nicht nach draußen.

Gehen Sie nicht ins Bett, bevor Sie müde sind.

Wenn Sie im Bett sind, schauen Sie bis zum nächsten Morgen nicht auf die Uhr.

Vermeiden Sie Gedanken an Personen oder Ereignisse, die Sie beunruhigen.

Stellen Sie sich vor, Sie treiben.

Als ich am Montagmorgen um 09:10 Uhr in die Bibliothek komme, ist Ratna nirgends zu sehen. Normalerweise ist sie immer früher da als ich. Ich setze mich hin und fahre den Computer hoch. Nach einer Viertelstunde ist Ratna noch immer nicht da, ich schicke ihr eine Nachricht und gehe anschließend zur Toilette. Im Gang ist es still, und jetzt, da ich darüber nachdenke, fällt mir auf, dass ich kaum jemanden gesehen habe, als ich ankam. Auf der Toilette vibriert mein Handy. *Wir sind oben, komm dahin!* Es ist Ratna.

Kurze Zeit später höre ich von der Treppe aufgeregte Stimmen. Alle haben sich in der Cafeteria im zweiten Stock versammelt.

»Was ist los?«, frage ich, als ich Ratna in einer Gruppe entdecke.

»Jens, der Nachtwächter, ist gestern nicht gekommen«, sagt Ratna. »Und bei ihm zu Hause wissen sie auch nicht, wo er ist.«

Alle reden durcheinander, ein Summen wie bei Schülern, die vor einem Klassenzimmer auf einen Lehrer warten, der schon längst hätte da sein müssen.

»Also, Leute.« Andreas klatscht in die Hände und erhebt die Stimme, wie ein Lehrer aus dem Klassenzimmer nebenan, der das Problem schnell lösen wird. »Keine Panik. Ich habe ein wenig rumtelefoniert und herausgefunden, dass Jens gestern Abend von einem Schlafwächter mitgenommen worden ist.«

»Na ja, was man halt so ›keinen Grund zur Panik‹ nennt«, murmelt Ratna.

»Zurzeit wird er untersucht, aber wir hoffen, ihn möglichst bald wieder auf seinem Posten zu haben«, fährt Andreas fort.

Ich muss zugeben, wie seltsam es ist, dass das Institut fast alles dokumentiert, was mit Schlaflosigkeit zu tun hat, wir aber dennoch so wenig über die Schlummerkliniken und die Schlafwächter wissen. Die Regierung sagt, sie entwickle Pflegeheime für Schlaflose, aber die Informationen, die nach außen gelangen, sind minimal. Andreas sähe das gern anders, mehr Einblick in die Arbeit der Schlafwächter würde für das Institut einen Durchbruch bedeuten. Gleichzeitig denke ich, es hat mit der norwegischen Mentalität zu tun, dass wir so wenig über die Schlummerkliniken wissen. Die Norweger legen ein unerschütterliches Vertrauen in ihre Regierung an den Tag. In den Niederlanden wären die Leute wahrscheinlich sofort auf die Straße gegangen.

»Es kann noch eine Weile dauern, bis wir wieder einen Nachtwächter haben«, sagt Ratna, während wir in die Bibliothek zurückkehren.

»So schlimm wird's schon nicht werden«, sage ich. »Die meisten Leute lassen sie doch schnell wieder gehen?«

»Ich finde es ziemlich gruselig«, sagt Ratna. »Die Schlafwächter und diese Auffangzentren, die sie da bauen. Warum nicht ein ganz normales Krankenhaus?«

»Dann wäre das Krankenhaus im Nu voll mit Schlaflosen.«

Während wir durch den Gang gehen, muss ich an das

Buch *24/7. Late Capitalism and the Ends of Sleep* von Jonathan Crary denken. Schon 2013 beschrieb er, wie der durchschnittliche Nordamerikaner damals etwa sechseinhalb Stunden Schlaf pro Nacht bekam, eine Generation zuvor waren das noch acht Stunden. Heute sind wir bei fünf Stunden pro Nacht angelangt. Crarys These ist, dass Schlaf und die Non-stop-Mentalität des einundzwanzigsten Jahrhunderts unvereinbar sind. Eine lange Nachtruhe ist also eigentlich das ultimative Protestmittel gegen die unablässige Forderung nach Produktivität.

»Man kann die Kliniken als eine Gegenreaktion auf den Kapitalismus sehen«, sage ich zu Ratna. »Mir gefällt der Gedanke einer Auszeit, um in so einer Klinik wieder schlafen zu lernen.«

Ratna zuckt die Achseln. »Theoretisch klingt das gut. Aber ich habe Angst, dass die Schlummerkliniken in der Praxis ein ganz anderes Ziel verfolgen. Ich glaube, die Regierung versucht, alle Schlaflosen in möglichst kurzer Zeit wieder fit zu kriegen. Für die sind wir nichts als Menschenmaterial. Das Ideal ist eine produktive Bevölkerung, die noch dazu frisch aussieht, ohne dunkle Augenringe.« Ratna öffnet die Tür zur Bibliothek und lässt mir den Vortritt. »Ich habe kürzlich über eine Studie bei einer Reihe amerikanischer Unternehmen gelesen, in der festgestellt wurde, dass Schlafmangel pro Jahr und Arbeitnehmer etwa zweitausend Dollar für verlorene Produktivität kostet. Das mag nicht nach so viel klingen, aber wenn man das bei so großen Unternehmen zusammenzählt, kommt da ganz schön was zusammen.«

»Hm«, sage ich. »Ich will einfach davon ausgehen, dass die Schlummerkliniken mit den besten Absichten gebaut werden.«

Wenn wir nicht gerade über die Schlummerkliniken diskutieren, verlaufen die Tage in der Bibliothek im Allgemeinen träge. Ratna liest während der Arbeitszeit Texte für ihr Studium, ich verbringe einen beträchtlichen Teil des Tages damit, mich durch sämtliche Dateien zu klicken. Das Institut besitzt zum Beispiel eine Sammlung von Schlafliedern, die in der ganzen Welt aufgenommen wurden. Auch wenn ich die Texte nicht verstehe, jedes dieser Lieder ist beruhigend. Bloß Nummer 28, »Blåmann bukken min«, das einzige norwegische Lied der Sammlung, macht mich nervös. Ich weiß nicht, was mit einem *Blåmann* gemeint ist, und das norwegische Substantiv *bukk* habe ich nie zuvor gehört. Während die unbekannten Klänge der anderen Lieder mich also beruhigen, fühlt sich mein unzulänglicher Wortschatz bei diesem norwegischen Lied an wie Versagen.

Es ist Mittwoch, Ratna und ich sitzen an unseren Schreibtischen. An einem langen Tisch in der Mitte der Bibliothek arbeiten Studenten und Freiberufler auf ihren Laptops. Für fünfundzwanzig Kronen dürfen sie hier den ganzen Tag bleiben, günstiger als eine Tasse Kaffee in einem Café. Der Tisch ist von Eichenholzschränken umgeben. Die Bücher und Dateien sind geordnet nach Themen wie Neurobiologie, Biorhythmus, Psychologie, Träume, (Straßen-)Beleuchtung, Schlafzimmerarchitektur, Geschichte des Schlafs oder Romane über Schlaf. Es gibt auch Schlaftagebücher einer Gruppe Testpersonen. Manchmal blättere ich sie zum Spaß durch. Eine der Testpersonen hat gerade ein Kind bekommen, wodurch sie weniger schläft, eine andere muss ständig zur Toilette, wieder eine andere liegt stundenlang in der Dunkelheit und starrt vor sich hin. Bei ein paar wenigen ist der Bericht eher ein Sextagebuch. *Um 06:00 Uhr mit Maxim gefickt, der auch wach war.* Ich frage mich, ob die Testpersonen sich bewusst sind, dass ihre Notizen in unserem Archiv aufgehoben werden. Ich sollte aufpassen, dass mit meinem Schlaftagebuch nicht dasselbe passiert.

Ratna scrollt durch einen Artikel, ganz oben ist ein Foto des Institutsgebäudes abgebildet. Das Institut kam kürzlich ins Gerede, weil der Kurator der Kunstsammlung das Gemälde einer verstorbenen Frau aufnehmen wollte. Wie John Everett Millais *Ophelia* ist die Frau von Blumen umgeben und liegt da, als würde sie friedlich schlafen.

Nur schläft sie eben nicht, sondern ist tot.

»Ästhetisierung des toten Frauenkörpers«, schrieb ein Kolumnist im *Morgenbladet*. Andreas ergriff zu meinem Erstaunen Partei für den Kurator. Es gehe um die Haltung der Frau, sagte er. Offensichtlich sei diese lange studiert worden, der Maler müsse Hunderte Schlafpositionen intensiv betrachtet haben.

Als Andreas kurze Zeit später in die Bibliothek kommt, klickt Ratna den Artikel schnell weg. Andreas stellt sich neben mich, plötzlich fällt mir auf, wie wahnsinnig gerade er steht. Übrigens sitzt und geht er auch kerzengerade, er überragt alle. Ich finde Menschen, die sich ein wenig gekrümmt bewegen, viel sympathischer.

»Schon was von Jens gehört?«, erkundigt sich Ratna.

»Jens?«, fragt Andreas.

»Der Nachtwächter.«

»Aha. Noch nicht, nein, aber seine Familie hält uns auf dem Laufenden.« Er räuspert sich.

»Sag mal, Eliza, nächste Woche findet ein Symposium über Gegenwartskunst und Schlaf in einem Kunstzentrum im Norden statt«, sagt er dann. »Könntest du da in unserem Namen hingehen? Ist auch gut für dein Forschungsprojekt.«

»Was soll ich da tun?«, frage ich.

»Das Institut kurz vorstellen, du kannst über die Bibliothek erzählen, ein paar Bilder dazu. Nichts, worüber du dir einen Kopf machen müsstest. Wenn jemand von dem Gemälde anfängt, redest du eben ein wenig drum herum. Wir wollen unseren Kurator vorläufig aus der Öffentlichkeit raushalten. Ich glaube, es wäre gut, wenn wir eine Frau zu dem Symposium schicken.«

Hinter ihrem Bildschirm gibt Ratna ein Grunzen von sich.

»Alles in Ordnung, Ratna?«, erkundigt sich Andreas.

»Ausgezeichnet«, sagt sie ein wenig zu laut. Und dann zögerlich: »Ich finde es nur auffällig, dass Eliza jetzt zu dem Symposium geschickt wird. Traut ihr euch selbst nicht hin?«

»Eliza wird es ganz guttun, mal ein wenig rauszukommen, glaube ich«, sagt Andreas. Sein Mund wird zu einem Strich.

Andreas und Ratna schauen jetzt beide zu mir.

»Schon okay, ich geh hin«, sage ich. »Interessant.« Um Haltung zu wahren, nehme ich den Tacker vom Tisch und jage eine Klammer durch ein paar wahllos zusammengeschobene Papiere auf meinem Schreibtisch.

»Schön, das wäre also geklärt«, sagt Andreas.

Als er weg ist, sehe ich, dass ich ein Dokument aus dem Archiv des Instituts und ein Schreiben des Finanzamts aneinandergeheftet habe. Mit den Fingernägeln fummele ich die Heftklammer wieder heraus.

Es ist 06:15 Uhr, und ich sitze im Bus zum Flughafen, auf dem Weg zu dem Symposium, zu dem Andreas zufolge *eine Frau* soll. Zum ersten Mal seit unserer Trennung verlasse ich Stavanger, und ich habe kaum geschlafen. »Ich habe verdammt noch mal mehr Qualitäten, als eine Frau zu sein«, sage ich gegen 02:45 Uhr zu meinem Kissen. Ich versuche, mich zu beruhigen, indem ich an ein Buch denke, das ich vor Kurzem gelesen habe. *Turning: A Swimming Memoir* dokumentiert den Versuch der Autorin Jessica J. Lee, in einem Zeitraum von zweiundfünfzig Wochen in fünfundzwanzig deutschen Seen zu schwimmen. Lee lebt zu der Zeit noch nicht lange in Deutschland, ihre Beziehung ist gerade vorbei, und im Wasser versucht sie, wieder zu ihrem Selbstvertrauen und ihrer Unabhängigkeit zu finden.

Vielleicht sollte ich so was Ähnliches auch machen, bloß schwimme ich nicht gerne. Ich könnte zum Beispiel allein durch möglichst viele abgelegene norwegische Dörfer wandern.

»Hallo, junge Dame, geht's Ihnen gut?« Mein Gedankenstrom wird von einem Mann mittleren Alters in einer hellblauen Jacke unterbrochen.

»Ja, es geht prima«, sage ich erstaunt. »Wieso?«

»Ich wollte nur mal nachfragen«, sagt der Mann. Er schaut mich prüfend an und setzt sich dann, ohne noch etwas zu sagen, wieder auf seinen Platz.

Ein paar Minuten später hält der Bus vor der Abflughalle.

Der Vorteil von wenig Schlaf ist, dass ich tagsüber nicht so angespannt bin. Das Befriedigen der Grundbedürfnisse wie essen und zur Toilette gehen beansprucht einen großen Teil meiner Gedanken. Vor allem an die Toilette denke ich viel. Ich hasse es, während des Flugs irgendetwas zu müssen, und heute muss ich drei verschiedene Flugzeuge nehmen, umsteigen in Oslo und Bodø. Norwegen ist ein langgestrecktes Land. Von Stavanger zu dem Dorf im Norden ist es genauso weit wie von Stavanger nach Südfrankreich. In das letzte Flugzeug passen nur dreißig Passagiere. Hinten sitzt eine Gruppe junger Norwegerinnen und Norweger, die sich offensichtlich kennen, sie lachen laut und oft. Bestimmt auf dem Weg zum Symposium.

Das Flugzeug landet mit einem harten Aufprall. Über eine Treppe verlassen wir die Maschine und gehen durch den Schnee zu einem niedrigen Gebäude. Ein Schneeräumer hält die Landebahn unaufhörlich eisfrei. Der kleine Flughafen hat nur eine einzige Toilette. Zusammen mit der lachenden Gruppe aus der Maschine bilde ich eine Reihe. Der Boden ist glatt von dem Schmelzschnee, den die Schuhsohlen mit reinbringen. Vorsichtig schiebe ich mich etwas weiter zur Toilettentür. Drinnen schaue ich im Spiegel über dem Waschbecken in mein bleiches Gesicht. Ich habe in dieser Woche einen großen Schlafmangel. Schnell verteile ich ein wenig rosa Creme, die ich immer dabeihabe, auf meine Wangen. Der fremde Mann heute Morgen im Bus könnte durchaus ein Schlafwächter gewesen sein. Ich möchte nicht noch einmal von einem angesprochen werden.

»Bist du wegen des Symposiums hier?« Neben den Schiebetüren am Ausgang steht eine Frau in gelber Regenjacke.

Sie führt mich zu einem Kleinbus, in den später auch die Gruppe aus dem Flugzeug steigt.

»Ich glaube, jetzt haben wir alle von diesem Flug eingesammelt«, sagt die Frau zu dem Jungen am Steuer.

Die Busfahrt dauert eine halbe Stunde. Manchmal lächle ich über etwas, was einer der Norweger sagt, ihnen ist vielleicht nicht klar, dass ich die Sprache verstehe, obwohl ich sie noch längst nicht fehlerfrei spreche. Norweger stellen sich fast nie von selbst vor, nicht mal dann, wenn man aneinandergepresst auf der Rückbank eines Busses sitzt. Man muss ihnen erst von einem gemeinsamen Bekannten (am liebsten auch norwegisch) vorgestellt worden sein, bevor sie was zu einem sagen.

Vor dem Eingang der Kunsthalle kommt Øystein auf uns zu. Øystein ist ein alter Freund von Andreas und Kurator der Kunsthalle. Sein Name bedeutet *Inselstein*, und in Gedanken nenne ich ihn auch so.

»Eliza!«, ruft er. »Wie schön, dich zu sehen. Komm rein! Bist du den anderen schon vorgestellt worden?«

Die Gruppe aus dem Bus schüttelt die Köpfe.

Kurze Zeit später sitze ich am Ende eines langen Tisches. Weil ich Norwegisch nur halbwegs beherrsche, ist es einfach, die Gespräche um mich herum auszublenden. Die Geräusche höre ich schon noch, Zischen und Brummen, hoch und tief, aber die Wörter und Bedeutungen verschwinden. Wenn ich nicht aufpasse, verwandelt sich die Sprache zunächst in ein Stimmengewirr und dann in ein Summen. In ein Insekt, das durch ein geschlossenes Fenster rauswill, in den Himmel, der Sonne entgegen.

»Hello, my name is Daniel«, klingt es durch das Summen hindurch plötzlich überdeutlich britisch.

Schräg mir gegenüber hat sich ein großer Mann um die dreißig gesetzt. Er trägt einen schwarzen Pulli, hat rechts einen Ohrring und reicht mir über den Tisch die Hand.

Daniel will noch etwas sagen, wird aber von Inselstein unterbrochen, der gegen ein Glas tickt.

»Wir freuen uns sehr, dass ihr die lange Anreise auf euch genommen habt, um heute Abend hier zu sein«, sagt er. »Ich schlage vor, wir machen eine kurze Vorstellungsrunde. Alle sagen ihren Namen und was sie auf dem Symposium präsentieren werden.«

Die Teilnehmer und Teilnehmerinnen bestehen aus Akademikern, Künstlern und Autoren. Vereinzelt ist eine, genau wie ich, nicht als sie selbst, sondern als Vertreterin eines Instituts gekommen. Vorstellungsrunden verursachen mir Übelkeit, aber mein Schlafmangel in den vergangenen Nächten sorgt dafür, dass ich keine Energie mehr zum Nervössein habe und das Institut, ohne zu stocken, präsentiere.

Links neben mir sitzt Ida, eine dänische Fotografin, die Schlafwandler porträtiert.

»Wie machst du das denn?«, frage ich nach der Vorstellungsrunde. »Musst du nicht total lange warten, bevor jemand endlich mal schlafwandelt?«

»Mein Sohn und auch mein Mann leiden darunter«, sagt Ida. »Unser Hausarzt glaubt, es ist eine Nebenwirkung der Tropfen.«

Ida trägt eine weite Regenjacke, und trotzdem sieht sie elegant aus. Sie hat glatte Haut, und ihre dunkelbraunen Haare sind aufgesteckt.

»Und haben die nichts dagegen, dass du Fotos von ihnen machst?«, frage ich.

»Ich glaube, sie finden es faszinierend, sich selbst so zu sehen. Ihr Blick ist ganz glasig, aber auf eine schöne Weise. Immer öfter schauen sie beim Schlafwandel in meine Kamera. Als wüssten sie, dass ich sie fotografiere, obwohl sie sich am nächsten Tag nicht daran erinnern können.«

»Ich hoffe, ich bin nicht zu direkt«, sage ich, »aber ich arbeite an den Vorbereitungen zu einer Studie über den Zusammenhang zwischen Schlaflosigkeit und Partnerwahl. Dein schlafwandelnder Mann würde da eigentlich sehr gut reinpassen. Dürfte ich euch später mal einen Fragebogen schicken?«

Ina zuckt die Achseln. »Abgesehen vom Schlafwandeln sind wir ziemlich langweilig, weißt du.«

Ihr Handy vibriert. »Aha, das wird mein Sohn sein«, sagt sie. Sie geht in die Halle, und ich schaue mich um. Alle sind in Grüppchen miteinander im Gespräch. Ich schaue in meine Nachrichten und sehe, dass Andreas mir Formulierungsvorschläge für die Präsentation geschickt hat. Als wäre mein eigener Text nicht gut genug. Ich stecke das Handy weg und mache mich auf die Suche nach meinem Zimmer.

Während des Symposiums kümmert sich die Kunsthalle um die Mahlzeiten. Es ist beruhigend, ein paar Tage hintereinander nicht ans Essen denken zu müssen, als wäre ich wieder ein Kind. Andere entscheiden für mich, was und wann ich am besten essen kann. Ich stehe am Frühstücksbuffet, belege eine Scheibe Brot mit Käse und setze mich dann ans Kopfende eines langen Tisches. Ich höre zu, wie Jenny, eine amerikanische Kunsthistorikerin, am anderen Ende des Tisches erzählt, dass sie vor zwei Tagen ein Walross an einem Strand nicht weit von hier gesehen hat.

»Ich schaute schon eine ganze Weile zum Horizont und dachte, da lägen nur große Steine im Wasser. Bis sich einer der Steine plötzlich bewegte.«

»Ist hier frei?«, fragt Daniel. Er stellt ein Schälchen Haferflocken auf den Tisch und schiebt den Stuhl zurück. Die Haferflocken sind großzügig mit Waldbeermarmelade, Haselnüssen und Bananenscheiben bedeckt. Mein Käsebrot nimmt sich dagegen plötzlich sehr blass aus.

Ich frage Daniel, was er auf dem Symposium präsentieren wird.

»Ich bin bildender Künstler«, sagt er. »Aber ich finde es schwierig, über Projekte zu reden, wenn sie noch nicht fertig sind. Auf jeden Fall hat es mit dem Schlafverhalten von Polartieren zu tun, wie sie ihren Rhythmus unter Einfluss von Hell und Dunkel anpassen.«

»Genau wie Menschen?«, frage ich.

»Ja, genau wie Menschen. Aber extremer. Rentiere haben im Sommer, wenn die Sonne kaum untergeht, zum Beispiel gar keinen Schlafrhythmus. Sie folgen keinem Muster, machen einfach irgendwas.«

Inselstein klopft Daniel auf die Schulter und fragt ihn nach seiner Präsentation. In für meine Ohren fehlerfreiem Norwegisch reden sie über verschiedene Projektoren.

Nach dem Frühstück schlendere ich zu dem Ort, an dem die Vorträge stattfinden, einer alten Fischfabrik, umgebaut zur Kunsthalle. Hier im Norden wurden mehrere ehemalige Fischfabriken in Kulturgebäude verwandelt. Man wohnt heutzutage lieber in den großen Städten im Süden. Aber Norwegen ist ein reiches Land. Um die Einwohner gleichmäßiger zu verteilen, müssen Leute, die (wieder) hierherziehen, weniger Steuern zahlen. Steuervorteile hin oder her, ein Leben hier wäre mir viel zu isoliert. Die Zugfahrt nach Oslo dauert ungefähr vierundzwanzig Stunden und kostet genauso viel wie ein Hin- und Rückflug nach Asien.

Als ich das Industriegebäude betrete, sitzt Daniel in einer Ecke, umgeben von leeren Klappstühlen. Als er mich sieht, winkt er und zeigt auf den leeren Platz neben sich. Ich setze mich zu ihm und ziehe meinen Laptop aus der Tasche. Die Halle hat große Fenster, durch die der Schnee die Sonne reflektiert. Auf der Bühne hantiert Inselstein mit einem Mikro. Daniel schreibt in winzigen Buchstaben etwas in sein Notizbuch. FEBRUARY steht vorne drauf.

»Deine Handschrift sieht aus wie in einem alten Manuskript«, sage ich. »Schreibst du jeden Monat so ein Heftchen voll?«

»Meist ja, manchmal brauche ich auch zwei Monate. Du bist übrigens die Erste, die das bemerkt.«

»Ich mache mir selbst auch Notizen. Ich sammle Ideen für einen Forschungsantrag, aber wie's aussieht, schreibe ich viel weniger als du. Siehst du dir diese Riesenmenge später noch mal an?«

»Nur bei Umzügen«, sagt Daniel. »Dann finde ich diese Hefte und blättere sie durch. Es ist seltsam, sie noch einmal zu lesen, ich reise dann sozusagen durch meine eigenen Gedanken.«

Ich will etwas entgegnen, aber jemand klopft mir auf die Schulter und bittet mich, meine Jacke von dem Stuhl neben mir zu nehmen. Um uns herum wird es immer voller.

»Guten Morgen, alle zusammen«, tönt es von der Bühne durch das Mikrofon.

Während der Vorträge drückt Daniel die winzigen Wörter mit seinem Kugelschreiber äußerst konzentriert in das Papier. Ich stelle mir vor, wie er viele Sachen in seinem Leben mit großer Präzision ausführt. Ganz anders als Andreas, der etwas tut und gleichzeitig schon unterwegs ist zu etwas anderem.

Am Ende des Tages habe ich einen steifen Nacken vom Stillsitzen. Für das Abendessen trage ich meinen Klappstuhl zu einem langen Holztisch in den Raum neben der Halle. Auf dem Tisch stehen dunkelrosa Lilien, die stark duften. Die Lilien wirken fehl am Platz hier im Norden, bestimmt haben sie eine lange Flugreise hinter sich. Vielleicht gibt es hier aber auch irgendwo Treibhäuser voll rosa Lilien, gewellte Transparentdächer, auf denen der Schnee schon beim Fallen schmilzt, wer weiß. Daniel setzt sich neben mich, er ist noch mit seinen Notizen beschäftigt. Ich schaue mich um. Draußen gibt es kaum Straßenbeleuchtung, die großen Fenster haben sich in schwarze Spiegel verwandelt.

Beim Essen erzählt Daniel von Meeresleuchttierchen, leuchtende Algen, die hier in der Umgebung nachts im Meer treiben. Wir können einen Spaziergang gebrauchen und gehen nach dem Essen mit ein paar anderen aus der Gruppe an den Strand am Dorfrand. Die Straße ist menschenleer, unsere Körper werfen lange Schatten auf den verschneiten Asphalt. Nach einer Viertelstunde verlassen wir die Hauptstraße, um in einen kleineren Weg einzubiegen. Wo die Häuser enden, hören auch die Straßenlaternen und die Schatten auf. Ich gehe neben Ida. Wir stellen fest, dass der Schnee die Geräusche absorbiert, und Ida erzählt, wie sie während einer Reise nach Japan eine Absorberkammer besucht hat.

»Man sagt auch toter Raum, ein Raum ohne Schall«, erklärt sie. »Der Boden, die Wände und die Decke absorbieren alle Geräusche. Mein Mann war an diesem Nachmittag mit unserem Sohn im Hotel geblieben, also hatte ich ein paar Stunden in Tokio für mich allein. Der tote Raum gehörte zu einem Museum, eine Museumswärterin ließ Besucher einzeln eintreten. Jeder durfte fünf Minuten in diesem abgeschlossenen Raum verbringen. Vorher zeigte die Wärterin auf einen roten Knopf, den sollte man drücken, wenn man das Zimmer eher verlassen wollte. Die Frau schloss die schwere Tür, und ich war allein.«

Ida streicht sich mit dem Handschuh eine Haarsträhne aus dem Gesicht. »Ich setzte mich auf die gepolsterte Bank mitten im Raum«, fuhr sie fort. »Das Blut brauste in meinen Ohren. Ich versuchte, an etwas Beruhigendes zu denken. Auf jeden Fall nicht an die Tatsache, dass ich allein in einem toten Raum in Tokio hockte. Aus irgendwelchen Gründen musste ich an Eichhörnchen denken. Ich habe keine besondere Beziehung zu Eichhörnchen, trotzdem tummelten sie sich in meinen Gedanken. Das half schon, muss ich zugeben, ich spürte, dass ich viel ruhiger wurde.«

Während ich Ida zuhöre, merke ich, dass ich im Dunkeln lächerlich wenig sehe. Ich bin hell erleuchtete Straßen gewohnt, kann mich nicht erinnern, wann ich zuletzt in der völligen Dunkelheit unterwegs war. Es ist, als wäre der Weg verschwunden, als würde ich in etwas Flüssiges treten. Ida scheint das nicht zu stören.

»Es gibt übrigens auch eine Echokammer. Das ist ein Raum, der nur aus kahlen Wänden besteht, die alle Geräusche widerhallen.«

Am Ende des Weges bleiben alle stehen und halten inne. Ein Hügel, bedeckt mit großen eckigen Steinen, trennt den Weg vom Ufer.

»Wir müssen zum Wasser und sie ein wenig wachschütteln«, sagt Daniel. »Algen leuchten nur, wenn sie sich bewegen.«

Die anderen steigen selbstsicher über die vereisten Steine zum Wasser. Es sieht danach aus, als sei ich die Einzige, die kaum was sieht. Als alle zuschauen, wie Daniel die Hand durch das Wasser kreisen lässt, bewege ich mich geduckt und tastend auf sie zu. Zum Glück schaut sich keiner um. Einen Moment später stehe ich neben den anderen, leuchtend blaue Flecken schwappen gegen die Steine. Schweigend sehen wir zu. Dann spüre ich, wie mein linker Fuß allmählich von dem vereisten Stein gleitet. Daniel merkt es auch und schiebt mich mit beiden Händen resolut zurück auf den Stein. Er hält mich ein paar Sekunden fest, dreht sich dann um und klettert zurück nach oben.

Auf dem Rückweg erzählt Ida, sie habe ein halbes Jahr als Austauschstudentin an der Amsterdamer Kunstakademie studiert. »Eine großartige Zeit«, sagt sie und fragt, wie ich in Norwegen gelandet bin.

Ich erzähle von Andreas und wie leicht mir das Umziehen fällt. »Mein Vater wurde auf einem Frachtschiff geboren, er war nirgends zu Hause, blieb sein ganzes Leben lang auf der Suche nach einem Ort, den er zu Hause nennen könnte. Ich habe das, glaube ich, ein wenig geerbt.«

»Interessant. Wurdest du auch auf so einem Schiff geboren?«, fragt Ida.

»Ja. Aber im Gegensatz zu meinem Vater habe ich nur bis zu meinem neunten Lebensjahr auf dem Schiff gewohnt.« Ich zögere kurz und fahre dann fort: »Meine Mutter wollte letztendlich nicht ihren Job und ihre Freunde aufgeben, wie zum Beispiel meine Oma es getan hat. Sie fand es schwierig, dass mein kleiner Bruder und ich in ein Schiffer-Internat mussten, um zur Schule gehen zu können. Ich habe drei Jahre in einem Internat verbracht, von meinem sechsten bis zum neunten Lebensjahr. Als mein Bruder sechs wurde, sind wir mit meiner Mutter nach Rotterdam gezogen.«

»Hast du deinen Vater denn dann noch gesehen?«

»Wenn er nicht zu weit weg war, fuhren wir am Wochenende mit ihm. In den Ferien waren wir sowieso auf dem Schiff, meist auf dem Rhein. Unterwegs nach Deutschland, Frankreich und in die Schweiz.«

»Wirklich sehr besonders«, sagt Ida.

»Es macht auch müde«, sagt Daniel, der schon geraume Zeit schweigend hinter uns geht. »Ich erkenne diese Rastlosigkeit. Ich finde es schwierig, nur einen einzigen Ort als mein Zuhause zu betrachten. Wenn ich Leute erst kurz kenne, sage ich, ich sei in England geboren, aber eigentlich habe ich von meinem dritten bis zwanzigsten Lebensjahr in Dubai gelebt.«

Ida und ich verlangsamen unsere Schritte, und Daniel geht jetzt zwischen uns.

»Die Orte meiner Kindheit und Jugend gibt es nicht mehr, in den vergangenen zwanzig Jahren hat sich die Stadt bis zur Unkenntlichkeit verändert. Als Kind wohnte ich in einem Gebäude am Rand der Wüste, als ich zwanzig war, war da keine Wüste mehr, sondern eine endlose Shoppingmall.«

»Fühlst du dich denn in England zu Hause?«, frage ich.

»Auch nicht, ich habe da kaum gewohnt. Vor vier Jahren bin ich nach Oslo gezogen.«

»Oh. Und in Norwegen, fühlst du dich hier zu Hause?«

»Norwegen ist ein tolles Land, aber wenn ich zu lange an einem Ort bleibe, werde ich eben unruhig. Ich glaube, dass Veränderungen mir guttun, mich wachsam halten.«

Daniel schweigt einen Moment.

»Bei jedem Umzug kann ich neue Fantasien entwickeln«, sagt er dann. »Dass ich keine Familie habe, keine Geschwister, keine Mutter, keinen Vater. Ich kann sagen, an dem vorigen Ort Gärtner gewesen zu sein, Dolmetscher oder Aktivist. Auch wenn ich in Wirklichkeit überhaupt nichts gemacht habe.«

»Ist das denn so?«, fragt Ida. »Hast du überhaupt nichts gemacht?«

»Nachdem ich nach England gezogen bin, habe ich eine Weile nicht viel gemacht. Ich hatte mit einem Filmstudium angefangen, aber ich konnte mich nicht konzentrieren. Nach all den Jahren in Dubai war es schwierig, sich an England zu gewöhnen. Ich kannte nicht viele Leute. Oft hatte ich Angst, etwas falsch zu machen, falsche Sachen zu sagen. Ich scheute mich davor, neue Leute kennenzulernen.«

Auf Daniels Gesicht taucht ein nervöses Lachen auf, er dreht an seinem Ohrring.

»So ein Treffen an einem abgelegenen Ort sorgt schon dafür, dass Gespräche sofort in die Tiefe gehen.«

Mein Zimmer teile ich mit zwei anderen, und trotz einer doppelten Dosis Tropfen schlafe ich schlecht. Tove, eine norwegische Museumkonservatorin, ist schwanger und geht nachts mehrmals zur Toilette. Im Dunkeln lausche ich den Atemzügen und dem strömenden Urin meiner Zimmergenossinnen und stelle mir vor, wie Daniel einen Arm um mich legt. Oder, es könnte Daniel sein, jemand anderes ginge auch. Ich stelle mir eine Gestalt vor, die auf jeden Fall nicht Andreas ähnelt.

Als Toves Atemzüge sich rhythmisch heben und senken, schlafe ich allmählich ein.

Wann sind Sie ins Bett gegangen: 23:50
Wann sind Sie eingeschlafen: nicht auf mein Handy geschaut, hatte Angst, meine Zimmergenossinnen zu wecken
Wie oft / wie lange waren Sie wach: mehrmals
Woran dachten Sie: an die anderen Teilnehmer des Symposiums
Was haben Sie gemacht: nichts
Schlafdauer insgesamt: keine Ahnung

Heute ist der zweite Symposiumstag. Beim Frühstück sehen alle etwas blasser aus als am Vortag. Vielleicht liegt in jedem Zimmer jemand, der nachts oft zur Toilette geht.

Elf Präsentationen stehen auf dem Programm. Daniel ist Nummer drei. Zu Anfang seiner Präsentation verbreitet der Projektor blaues Licht im Raum. Ich sitze neben Tove seitlich im Saal. Obwohl ich es gewohnt bin, Englisch zu hören, benutzt Daniel einige Wörter, die ich nicht verstehe, oder Wörter, die ich irgendwann mal nachgesehen habe, aber deren Bedeutung ich vergessen habe. Ich versuche, sie mir zu merken, damit ich sie später nachschlagen kann. Im Blaulicht spricht Daniel über zirkadianische Rhythmen und darüber, wie sich Polartiere ihre Tage einteilen. Auf der Leinwand erscheinen Fotos aus dem Archiv des norwegischen Pol-Instituts in Tromsø. Die Tiere auf den Fotos schlafen. Daniel wirkt auf der Bühne kleiner als zuvor, ich wünschte, ich könnte ihn berühren. Er setzt seine Präsentation fort mit einer These über künstliches Licht und wie wir uns allmählich in Polartiere ohne Tages- und Nachtrhythmus verwandeln.

Im Saal hebt jemand die Hand. Daniel nickt.

»Vielleicht eine seltsame Frage, aber wird das Schlafmuster der Polartiere auch durch Fliegenbisse gestört? Das wird doch behauptet, dass die Schlaflosigkeit durch ein bestimmtes Insekt verbreitet wird?«

»Damit kenne ich mich nicht gut aus«, antwortet Daniel, »aber auch jenseits der nördlichen Baumgrenze kommen Fleischfliegen vor.«

Er klickt weiter. Neben mir öffnet Tove ein Fenster, und ein kühler Luftstrom fließt in den Raum. Auf der Leinwand taucht das Foto eines strähnigen rosa Tiers auf.

»Das ist die *Periphylla periphylla*«, erläutert Daniel. »Diese Tiefseequalle kommt in den norwegischen Fjorden vor, sie leben in Tiefen von bis zu siebentausend Metern. Obwohl sie der ewigen Dunkelheit vollkommen angepasst sind, wissen sie irgendwie dennoch, ob oben Tag oder Nacht ist. Nachts machen sie sich auf die Suche nach Plankton, und gegen Morgen kehren sie zurück.«

Nach Daniel spricht eine junge norwegische Künstlerin über ihr Fotoprojekt auf der Grundlage der Blumenuhr des schwedischen Pflanzenwissenschaftlers Carl von Linné. Die Blumenuhr war ein hypothetischer Gartenplan, der mittels Pflanzen, die ihre Blüten zu festen Zeiten öffnen oder schließen, die Zeit angibt. Genau wie Morgen- und Abendmenschen gibt es auch Morgen- und Abendblumen. Auf der Leinwand sieht man eine Übersicht verschiedener Pflanzen.

Natternkopf-Bitterkraut, öffnet sich um 04:00.
Gemeine Wegwarte, öffnet sich zwischen 04:00 und 05:00.
Kleinköpfige Pippau, öffnet sich zwischen 04:00 und 05:00.
Löwenzahn, öffnet sich um 05:00, schließt sich zwischen 08:00 und 09:00.
Milchdistel, öffnet sich um 05:00, schließt sich um 12:00.
Dreifarbige Winde, öffnet sich um 05:00.
Mauer-Habichtskraut, öffnet sich um 06:00, schließt sich um 14:00.
Ackermilchdistel, öffnet sich um 06:00.
Salat, öffnet sich um 07:00, schließt sich um 10:00.
Sumpf-Gänsedistel, öffnet sich um 07:00, schließt sich um 14:00.
Savoyer Habichtskraut, öffnet sich um 07:00, schließt sich zwischen 13:00 und 14:00.
Herbst-Schuppenlöwenzahn, öffnet sich um 07:00, schließt sich um 15:00.
Weiße Seerose, öffnet sich um 07:00, schließt sich um 17:00.
Gauchheil, öffnet sich um 08:00.

Glattes Katzenohr, öffnet sich um 09:00, schließt sich um 13:00.
Rote Schuppenmiere, öffnet sich zwischen 09:00 und 10:00, schließt sich zwischen 14:00 und 15:00.
Eiskraut, öffnet sich um 10:00, schließt sich zwischen 15:00 und 16:00.
Ringelblume, schließt sich um 15:00.
Kelch-Steinkraut, schließt sich um 16:00.
Island-Mohn, schließt sich um 19:00.

»Vor ein paar Jahren gab es Leute, die genau wie das Eiskraut um zehn Uhr aus dem Bett kamen, heutzutage sind alle eher eine Ackermilchdistel«, sagt die Künstlerin.

Im Saal wird genickt.

Nach der Pause bin ich an der Reihe. INSTITUT FÜR SCHLAFLOSIGKEIT steht in hellblauen Buchstaben auf der Leinwand. Gestern Abend kamen mir Zweifel an meinen Notizen, und ich beschloss, Andreas' Vorschläge für die Präsentation doch zu beherzigen.

»Das Institut für Schlaflosigkeit wurde vor vier Jahren in Stavanger gegründet«, fange ich an.

Meist vermeide ich Sprechen vor Publikum. Ich spüre, wie meine Wangen rot werden. In Andreas' Worten fahre ich fort: »Unsere Mitarbeiter archivieren Material, das mit Schlaf oder Schlaflosigkeit zu tun hat. Und wir organisieren öffentliche Events und Kurse. Außerdem arbeiten wir eng mit Museen, Universitäten und Krankenhäusern zusammen.«

Auf der Leinwand erscheint ein Foto des Glasgebäudes. Im Saal hebt Jenny die Hand. In der Hoffnung, dass mein Gesicht weniger rot wird, versuche ich, ruhig zu atmen.

»Ja?«, sage ich, während ich Jenny zunicke.

»Arbeitet ihr auch mit diesen neuen Schlafkliniken zusammen?«

»Nein, bisher nur mit den üblichen Krankenhäusern«, antworte ich.

Nächste Folie. Mein Gesicht fühlt sich schon kühler an. Ich zeige Fotos der Bibliothek, der hellen Cafeteria und der Holzwendeltreppe zum Auditorium. Auf einem der Fotos schauen Andreas und Ratna lachend zu einem Computer. Als ich noch in den Niederlanden lebte, hätte ich die Fotos verträumt *skandinavisch* genannt. Jetzt ist es einfach der Ort, an dem ich arbeite, ein Ort, der zudem nach Andreas' Deo riecht. Ich klicke weiter und erzähle von den Vorträgen und Filmvorführungen, die wir an den Donnerstagabenden organisieren. Neben der Bühne tickt Inselstein mit dem Finger auf sein Handgelenk, ich soll meinen Vortrag beenden. Inzwischen hat der Blaufilm meiner schlafenden Schifferfamilie angefangen, und als das Dromedar ins Bild kommt, drücke ich auf Stopp. Das Dromedar bewegt gerade den Kopf, der Stoppknopf macht aus dem sich bewegenden Kopf einen Flecken. Ich frage mich, ob ich wieder auf Start drücken sollte, um mit einem normalen Bild abzuschließen, aber Inselstein klopft noch immer auf sein Handgelenk. Neben dem Fleck stehend bedanke ich mich bei allen fürs Zuhören.

Als ich wieder auf meinem Stuhl sitze, fällt mir auf, dass niemand das Gemälde der toten Frau erwähnt hat. Andreas hatte einen großen Teil seiner Nachricht darauf verwendet, und ich hatte den Text auswendig gelernt. Wahrscheinlich sind alle auf dem Symposium mit ihrer eigenen Präsentation beschäftigt. Hier im Norden scheint Stavanger sowieso weit weg zu sein.

Abends gibt es ein Abschiedsdinner. Obwohl alle wissen, dass Alkohol die Nachtruhe stört, wird heute Wein ausgeschenkt.

»Ich wollte schon nach einem Supermarkt suchen«, sagt Ida.

»Das hätten sie besser am ersten Abend machen können«, bemerkt Jenny, »um sich besser kennenzulernen, meine ich.«

Daniel setzt sich auf den Stuhl mir schräg gegenüber. »Aufschlussreich zu hören, wie du aufgewachsen bist«, sagt er.

Je mehr er trinkt, desto öfter und eindringlicher schaut er mich an. Ich schaue auch öfter und länger zurück. Nach dem Dessert schwärmt die Gruppe aus. Jenny will tanzen und sucht nach Lautsprechern. Es ist halb zwölf. Mein Flug nach Stavanger geht am nächsten Morgen um sieben, um fünf Uhr werde ich zusammen mit Tove ein Taxi zum Flughafen nehmen. Ich will eigentlich heute Nacht noch schlafen. Das sage ich zu Ida und Jenny, als ich mich verabschiede. Im Gang begegne ich Daniel.

»Ich fand es total schön, dich kennenzulernen, Eliza. Du darfst mich jederzeit in Oslo besuchen«, sagt er mit dem seligen Lächeln eines Sturzbetrunkenen. Er breitet die Arme zu einer Umarmung aus. Schnell beantworte ich seine Geste und gehe dann in Richtung meines Zimmers.

Blumenuhr

Vielleicht kann ich einen Garten anlegen, in dem die Pflanzen ihre Blüten zu bestimmten Zeiten öffnen und schließen. (Dafür brauche ich ein Stück Land.)

Es ist Sonntag. Um mich von dem Symposium und der langen Flugreise gestern zu erholen, sitze ich bis spät nachmittags im Schlafanzug auf dem Sofa.

Wann sind Sie ins Bett gegangen: 00:20
Wann sind Sie eingeschlafen: 00:35
Wie oft/wie lange waren Sie wach: von 03:40 bis 04:45
Woran dachten Sie: Daniel
Was haben Sie gemacht: mich selbst berührt (dem Hausarzt erzähle ich was anderes)
Wann sind Sie aufgestanden: 07:30
Schlafdauer insgesamt: 5 Stunden und 50 Minuten

Seit der Trennung von Andreas habe ich keine neuen Männer nach Hause eingeladen. Wenn ich versuche, mir das Apartment durch Daniels Augen anzusehen, kommt es mir noch leerer vor als zuvor. Der einsame Kaktus und die Aloe vera auf meiner Fensterbank. Ich erinnere mich an einen Artikel im *The Guardian*, in dem stand, dass Männer Frauen mit Büchern und Kakteen im Haus nicht attraktiv finden, diese Gegenstände werden oft als einschüchternd empfunden. Bücher und ein Kaktus sind so ziemlich die einzigen Objekte in meinem Wohnzimmer. Auf dem Tisch liegt eine Ansichtskarte mit der Abbildung von Schlamm, die mein Bruder mir letztens geschickt hat. Kasper wohnt seit Kurzem in Taipeh, wegen seiner Arbeit als Ingenieur bei einem Unternehmen, das nachhaltige Energie produziert. Schon seit Zeiten verspricht er, mich bald mal in Stavanger besuchen, aber das hat noch nie geklappt. Wir sprechen aber oft online miteinander. Während der ersten Woche in dem neuen Apartment habe ich ihn mit der Handykamera durch meine leeren Zimmer geführt. Kasper hat auch wenige Sachen in seiner Wohnung. Er meint, ich solle mir nicht so einen Kopf machen wegen des Echos, das in jedem Zimmer nachhallt.

Mit einem Stück Klebeband befestige ich die Schlamm-Karte an der leeren weißen Wand. Schlamm ist wahrscheinlich auch einschüchternd für Männer, aber jetzt hängt jedenfalls was an der Wand.

Auf meinem Handy empfange ich eine Freundschaftsanfrage von Daniel. Sein Profilfoto zeigt ihn in einem Tannenwald, mit einem Rotkehlchen in der linken Hand. Ich klicke weiter und sehe ein Foto, auf dem Daniel zusammen mit einer jungen Frau auf einem Felsen steht, er umschlingt sie, und beide schauen lachend in die Kamera. Der Felsen ist grau und rot. Das Foto ist erst drei Monate alt. Als ich weiterklicken will, erscheint unten auf meinem Display eine Nachricht von Daniel.

So sieht eine kleine Handschrift aus, steht da. Daneben ein Link zu den *Envelope Poems* von Emily Dickinson, einer Sammlung von Notizen, die Dickinson auf Umschläge geschrieben hat.

Ich habe nur ungefähr zwölf Bücher in Norwegen, Envelope Poems *ist eines davon!!*, schreibe ich sofort zurück.

That's amazing, schreibt Daniel. *Dann gefällt dir das hier bestimmt auch: Nächsten Herbst gehe ich mit einem Freund nach Südamerika, um das Geräusch von Vulka-*

nen aufzuzeichnen. Er arbeitet an einer Dokumentation über Emily Dickinson anhand der Vulkane in ihren Gedichten.

Wow, schicke ich.

Ich sehe mir wieder das Profilfoto an. Die Frau in Daniels Armen hat stark nachgezogene Augenbrauen. Die Augenbrauen drücken den Rest ihres Gesichts aus dem Foto, sie machen aus ihrem Gesicht ein Loch. Ich lege mich lang aufs Sofa, draußen kreischen die Möwen.

Dieser Abend ist der Anfang eines langen Nachrichtenstroms zwischen Stavanger und Oslo.

Emily Dickinson

Emily Dickinson war eine amerikanische Lyrikerin, die einen Teil ihres Lebens in Isolation verbrachte. Am Ende sah man sie kaum noch in ihrem Dorf, die paar Mal, da sie rausging, war sie weiß gekleidet.

(Ich sollte mal schauen, ob Emily Dickinson auch über Schlaf geschrieben hat.)

»Und jetzt besuchst du ihn in Oslo?«, fragt Ratna.

Wir sitzen in ihrem Wohnzimmer und trinken Wein. Ratna hat eine Katze, einen Freund und eine geschmackvoll eingerichtete Wohnung mit gerahmten Fotos an den Wänden und Badezimmerkacheln aus Portugal. Die schwarze Katze springt aufs Sofa, und mit dem Wein in der Hand streichle ich sie. Sie ist der erste lebende Organismus, den ich seit Wochen berühre.

»Kennst du noch andere Leute in Oslo? Solltest du nicht sicherheitshalber ein Hotel buchen? Was, wenn er ein Creep ist?«

Daniel und ich schreiben uns nun schon seit drei Wochen. Aus einem Gespräch über Bücher wurde schon bald ein Gespräch über alles. Ich schrieb Daniel, ich hätte in Norwegen schon mal Angst, mich in Emily Dickinson oder meinen Vater zu verwandeln. Dass ich mich wegen meiner sozialen Phobie nicht aus meinem Apartment traue. Ich erzählte ihm von den Gedanken, dass alle in Stavanger hinter meinem Rücken darüber reden, wie wenig Freunde ich gefunden habe, seit ich hier lebe, und wie schlecht mein Norwegisch ist. Daniel beschrieb seine eigenen Perioden mit Depressionen und auch, wie seine Mutter mit Panikattacken kämpfte, als er aufwuchs. Immer wieder erwähnt er seine unsichere finanzielle Lage als junger Künstler. Nach Andreas fühlt sich Daniel an wie eine Erleichterung. Bestimmt würde Daniel sich nicht erschrecken, wenn ich ihm sagte, ich hätte kein Sparkonto. Außerdem sind wir in derselben Situation, wohnen beide noch nicht so lange in Norwegen.

Jeden Abend vor dem Zubettgehen wünscht Daniel mir eine gute Nacht, manchmal mit einem Kuss-Emoticon. *It makes me so happy to talk to you*, schreibt er einmal. Inzwischen haben wir viel länger online miteinander gesprochen als in der Realität. Die Abwesenheit von Mimik macht uns offenherzig. Daniel ist die erste Person in Norwegen, der ich von meiner Angst erzähle, nicht hierherzugehören.

Ich zeige Ratna das Foto von Daniel und der Frau mit den gigantischen Augenbrauen.

»Er hat also eine Freundin?«, fragt Ratna.

»Keine Ahnung«, antworte ich. »Dann würde er doch nicht so lange Gespräche führen und mich zu sich nach Oslo einladen?«

»Wer ist derjenige, der die Gespräche initiiert, er oder du?«

»Fifty-fifty, glaube ich, obwohl er wirklich mit seiner Arbeit sehr viel zu tun hat. Es könnte sein, dass ich etwas öfter anfange.«

»Dieses Foto sieht schon sehr freundinnenmäßig aus«, meint Ratna. Mit strengem Gesicht gibt sie mir mein Handy zurück.

»Vielleicht ist gerade Schluss?«

»Das würde ich ihn dann mal fragen.«

Ratna sprenkelt eine kleine Dosis Schlaftropfen auf das Katzenfutter.

»Kriegt sie davon keine Nebenwirkungen?«, frage ich.

»Wir können doch auch Nebenwirkungen bekommen. Sowieso müssen wir mit Alkohol ein wenig aufpassen.«

Ratna zieht die Packungsbeilage der Schlaftropfen hervor und zählt auf: »Kopfschmerzen, Angstgefühle, Wahnvorstellungen, Schwindel, Benommenheit, Schlafstörungen wie Albträume und Schlafwandeln, verringerte Libido, erhöhtes Schnarch-Risiko.« Sie macht eine kurze Pause. »Leo und ich haben in letzter Zeit viel weniger Sex. Vielleicht liegt das an den Tropfen.« Sie stopft die Packungsbeilage zurück in die Schachtel. »Du auch Wasser?«, fragt sie und geht in die Küche.

»Leo und du seid schon eine ganze Weile zusammen, dann ist das doch nicht so seltsam«, sage ich, als sie wieder da ist.

Ratna zuckt die Achseln. Sie schenkt zwei Gläser Wasser ein. »Findest du's übrigens nicht unangenehm, am selben Institut wie Andreas zu arbeiten?«, fragt sie dann.

»Doch. Ich arbeite eigentlich schon länger an einem Forschungsantrag für eine Promotion, das wollte ich dir noch erzählen. Ich suche nach Stellenangeboten, die mit Schlafforschung zu tun haben. Sollte das klappen, bin ich zwar manchmal noch im Institut, aber meinen Job in der Bibliothek kündige ich dann.«

»Klingt gut! Was ist dein Forschungsthema?«

»Der Zusammenhang zwischen Schlafmangel und Partnerwahl.«

»Oh, wow, du meinst also, wir wären mit jemand ganz anderem zusammen, wenn wir genügend schlafen würden? Dass wir Menschen durch unseren Schlafmangel anders beurteilen? Ich kann mir gut vorstellen, dass so was Einfluss hat.« Nachdenklich nimmt Ratna einen Schluck Wasser. »Manchmal finde ich Leo so langsam. Wenn wir essen gehen, braucht er mindestens eine Viertelstunde, um sich zu entscheiden, was er will. Oder noch länger.«

Ich lache los.

»Ich ertrage das wirklich nicht gut«, sagt Ratna erstaunt. »Ich habe einen schnellen Stoffwechsel, oft will ich einfach so schnell wie möglich was essen.«

»In meinem Forschungsantrag geht es mehr darum, wie ein bestimmter Partner Schlaf negativ beziehungsweise positiv beeinflussen kann«, sage ich. »Warum man neben dem einen vielleicht viel besser schläft als neben dem anderen.«

»Ach so. Habe ich schon erzählt, dass Leo und ich getrennt schlafen? Uns brauchst du also nicht zu interviewen«, sagt Ratna. »Er warf sich nachts ständig hin und her. Die Matratze fing an zu schaukeln, ich wurde wirklich seekrank. Wir haben sogar eine härtere Matratze gekauft, aber es half nichts. Nach einer halben Stunde war er dann wieder im Gästezimmer. Da schläft er jetzt immer. Nur wenn Gäste da sind, geht das nicht, in solchen Nächten schlafen wir nebeneinander und machen kein Auge zu.«

»Ich glaube, inzwischen schlafen viele Paare getrennt, wenn sie sich ein zusätzliches Zimmer leisten können«, sage ich.

Mögliche Ursache

Um alles etwas übersichtlicher zu machen, eine Ursache oder einen Sündenbock zu benennen, sagt man, die Schlaflosigkeit würde von Fleischfliegen verbreitet. Die Maden der Fleischfliegen leben hauptsächlich auf Abfall und offenen Wunden. Die ausgewachsene Fliege sieht man oft in der Nähe von Moorgebieten, im Schlamm, auf unbefestigtem Boden, in den man einsinkt. Auf ihren Runden durch die Stadt landet sie auf Lebensmitteln und verbreitet mit ihren Beinen diverse Bakterien.

Daniel ist zu spät. Die Sonne versinkt hinter dem Bahnhofsgebäude, die Straßenbeleuchtung springt an. Wir hatten uns um 18:00 Uhr am Bahnhof in Oslo verabredet, und jetzt ist es 18:19 Uhr.

Während der acht Stunden Zugfahrt wurde ich immer nervöser. Ich versuchte, mich auf einen Podcast über Theorien rundum Fleischfliegen zu konzentrieren, aber meine Gedanken schweiften immer wieder zu den Gesprächen ab, die Daniel und ich in den vergangenen Wochen geführt haben. Getippte Gespräche, an Daniels Stimme kann ich mich nicht erinnern. In meinem Kopf befindet sich kein einziges Gespräch mit Ton, etwa als er erzählte, er könne durch seine Umzüge die Fantasie ausleben, an einem neuen Ort ein Mensch ohne Familie sein. Die Wörter dieses Dialogs weiß ich noch, bloß ist da keine Stimme, die Wörter sind wie auf Papier gedruckt. In dem Moment, als ich mir überlege, warum Daniel seine Familie wohl loswerden wollte, sehe ich ihn mit einem Fahrrad an der Hand über den Bahnhofsvorplatz auf mich zukommen. Als er bei mir ist, nimmt er in einer fließenden Bewegung gleichzeitig den Helm vom Kopf und umarmt mich. Auf seiner Stirn stehen Schweißperlen. »Sorry, dass ich so spät bin«, sagt er.

»Macht nichts, ich habe mir einen Podcast zu Theorien über Fleischfliegen angehört«, sage ich. »Es heißt, das amerikanische Verteidigungsministerium habe jahrelang heimlich an krankheitserregenden Fliegen geforscht und dass ein paar von denen entwischt sind. Die weiblichen Fliegen wurden im Labor extra fruchtbar gemacht, damit die Fortpflanzung schneller ging als normalerweise, wodurch die Fliegen in kurzer Zeit dafür sorgten, dass jede Menge Menschen schlechter schliefen.«

Daniel schaut schweigend vor sich hin, und ich frage mich, warum um Himmels willen ich einen Monolog über die Fortpflanzung von Fleischfliegen halte.

»Wahrscheinlich weißt du das mit den Fliegen schon längst«, sage ich. »Es ist natürlich Unsinn, ich bin zufällig auf diesen Podcast gestoßen.«

Wir stehen noch immer an derselben Stelle auf dem Bahnhofsvorplatz, Daniel mit dem Rad an der Hand.

»In der Kunsthalle ist eine Vernissage, hast du Lust, da vorbeizuschauen?«, fragt er.

Daniel zeigt auf ein modernes Gebäude in der Straße neben dem Bahnhof.

»Warte, ich schließe mein Fahrrad kurz ab.«

Ohne meine Antwort abzuwarten, schließt Daniel sein Fahrrad mit einem Kettenschloss an einen Laternenpfahl.

»In England will man überall ganz helle Laternen aufstellen, mit Lampen, die Tageslicht simulieren, hast du schon davon gehört?«, fährt er fort.

»Nein«, antworte ich. »Damit es nachts auf der Straße sicherer wird?«

»Der Gedanke ist, den Unterschied zwischen Tag und Nacht verschwimmen zu lassen, um allen, die nachts wach sind, entgegenzukommen«, erklärt Daniel.

Als wir in die Kunsthalle gehen, wird er von mehreren Leuten begrüßt.

»Du kennst doch fast niemanden in Norwegen?«, sage ich.

Er will etwas entgegnen, aber ein rothaariger Mann in einem grob gestrickten Pullover tippt ihm auf die Schulter. Die beiden Männer umarmen sich.

»Ich bin Stian«, sagt der Mann und streckt mir die Hand entgegen. »Daniel und ich teilen uns ein Atelier, er hat schon erzählt, dass du nach Oslo kommen würdest.«

Daniel wird tiefer in den Raum gezogen.

Ich bleibe mit Stian am Eingang stehen. Sein fusseliger Pullover und seine lachenden Augen sorgen dafür, dass ich mich bei ihm sofort wohlfühle. Wenn er nicht mit seiner Kunst zugange sei, arbeite er als Schlafwächter, erzählt Stian.

»Darfst du das einfach so erzählen?«, frage ich. »Ich dachte, Schlafwächter würden im Geheimen operieren.«

Er lacht. »Nein, ach was, so geheimnisvoll ist das gar nicht. Alle sind neugierig, weil das ganze Projekt noch in den Kinderschuhen steckt. Aber ich kann es jedem empfehlen.«

»Ich bin vor allem neugierig darauf, wen ihr da so von der Straße pflückt«, sage ich. »Wenn ich es richtig verstanden habe, kümmert ihr euch um Menschen, die vor Müdigkeit nicht mehr wissen, wo sie sind.«

»Leute, die vor Müdigkeit nicht mehr wissen, wo sie sind, ihre Tasche verloren haben, im falschen Bus sitzen und in Panik geraten, all das. Ich bin gerade fertig für heute, meist arbeite ich in der Nähe vom Bahnhof.«

»Wie schafft ihr es, die verwirrten Leute herauszupicken?«

»Manchmal bekommen wir einen Tipp, aber man entwickelt auch eine Art Gespür dafür.«

»Du bist der erste Schlafwächter, mit dem ich rede. Hört sich an wie ein ziemlich guter Nebenjob«, sage ich.

»Ist es auch, obwohl wir alle auf Daniels Job lauern.

Er unterrichtet drei Tage pro Woche an der Kunstakademie.«

»Davon hat er nichts erzählt.«

Mein Blick sucht in der Menge nach Daniel. Er steht an der Bar und unterhält sich mit zwei Frauen. Eine der beiden ähnelt einer bekannten norwegischen Schauspielerin.

»Wie bist du als Niederländerin eigentlich in Norwegen gelandet?«, fragt Stian nach einer kurzen Pause.

»Eine Beziehung, aber es ist inzwischen aus. Ich bin in Stavanger hängengeblieben.«

»Oh«, sagt Stian.

Ich schaue wieder zur Bar. Daniel hat sich umgedreht und kommt mit zwei Bier auf uns zu.

»Nicht nötig, man kennt mich hier«, sagt er, als ich mein Portmonee zücken will. Sofort danach klopft ihm wieder jemand auf die Schulter. Daniel scheint alle auf der Ausstellung seit Jahren zu kennen, und auch Stian wird oft angesprochen.

Nach meinem dritten Bier lasse ich Stian, der mit ein paar Leuten im Gespräch ist, stehen und gehe eine Runde durch den Ausstellungssaal. Der Raum ist mit abstrakten Betonskulpturen gefüllt, und aus der Decke strömt neongelbes Licht. Daniel ist nirgends zu sehen. Ich gehe eine Treppe hinunter zur Toilette, wo ich mich lange aufhalte. Jetzt, da ich gesehen habe, wie sich Daniel durch die Menschenmenge bewegt, fühlt es sich an, als sei die Zeit, die ich in Norwegen gewohnt habe, ein einziger Misserfolg. Nach einer Weile klopft es.

»Hallo, Eliza? Bist du okay?«

Schnell drücke ich die Spülung. Es ist Stian.

»Mir ist aufgefallen, dass du ziemlich lange weg warst. Alles in Ordnung?«

Ich gehe zu den dunklen Marmorwaschbecken und spüre das Bier im Kopf hin und her schwappen. Der erste Zug nach Stavanger fährt erst morgen früh. Vielleicht sollte ich Stian fragen, ob ich heute Nacht bei ihm schlafen darf. Auf dem Sofa, meine ich.

Ich drehe mich um. Stian schaut mich besorgt an.

»Das Bier bekommt mir nicht so gut, das ist alles«, sage ich.

»Ich hole dir ein Glas Wasser«, erwidert Stian. »Möchtest du vielleicht kurz nach draußen, ein wenig frische Luft schnappen?«

»Nein, nein, es geht schon.«

Wir gehen zurück in den Ausstellungssaal. Daniel steht neben einer der Skulpturen. Er bringt den Kurator zum Lachen. Als ich mich zu ihm stelle, greift er nach meiner Hand.

»Das ist Eliza, sie arbeitet für das Institut für Schlaflosigkeit.«

»Nur in der Bibliothek«, sage ich.

»Noch einen Drink?«, fragt der Kurator.

Der Rest des Abends verläuft in Fragmenten.

Eine Stunde später sitze ich mit Daniel in einem indischen Restaurant. Dicke lachsfarbene Tischdecken. Ich zeige auf eine Holzschildkröte in der Ecke des Restaurants.

»*That's a tortoise, not a turtle*«, sagt Daniel mit so etwas wie Ungeduld in der Stimme.

Als Daniel zur Toilette geht, suche ich auf meinem Handy nach dem Unterschied zwischen *turtle* und *tortoise*:

What is a tortoise anyway? Is it just a fancy way to say ›turtle‹?

Well, actually, there's a meaningful difference between tortoises and other turtles. All tortoises are in fact turtles – that is, they belong to the order Testudines or Chelonia, reptiles having bodies encased in a bony shell – but not all turtles are tortoises. If tortoises are turtles, why not just call all turtlelike creatures ›turtle‹? Because if the animal you're referring to is a tortoise, some wise guy is going to correct you every time.

Noch etwas später. Ich sitze auf dem grünen Samtsofa in Daniels Wohnzimmer, auf der Fensterbank stehen üppige Pflanzen, meine Bluse liegt auf dem Fußboden.

Während er mich penetriert, macht Daniel große Bewegungen mit den Hüften. Als würde er einen Hula-Hoop-Reifen kreisen lassen.

Als ich aufwache, liegt Daniel so weit wie möglich von mir entfernt. Er schaut auf sein Handy. Den Großteil der Nacht war ich mir seines ruhenden Körpers bewusst. Ich versuchte, an Schlaflieder zu denken, an einen Chor auf einem Platz, umgeben von sandfarbener Architektur. Ich wollte, dass sich die Singenden sanft wiegen, aber ich hatte sie nicht unter Kontrolle, immer schneller bewegten sie sich hin und her. Letztendlich hatte das Schlaflied nichts mehr mit Wiegen zu tun, sondern mit Schütteln, der Gesang verkam zu einem undefinierten Brüllen. Gegen Morgen muss ich doch eingedöst sein.

»Ich muss sechzehn E-Mails beantworten«, sagt Daniel, als er merkt, dass ich mich rühre.

Mit der Hand streiche ich über den Fußboden zwischen dem Bett und der Wand, ich meine mich zu erinnern, dass mein Handy vergangene Nacht in den Spalt gerutscht war.

Als ich es gefunden habe, tippe ich auf das Display. Ich habe nur eine einzige neue E-Mail, von meiner Mutter, eine Einladung zum fünfundneunzigsten Geburtstag meiner Oma.

»Ja, dann gehe ich mal duschen. Ich muss auch massenweise Mails beantworten«, sage ich.

Unter der Dusche fällt mir ein, dass wir nicht besprochen haben, wie lange ich bleibe. Die Zugfahrkarte kostete hundertfünfzig Euro, ich hatte mir vorgestellt, wenigstens ein Wochenende in Daniels Apartment zu verbringen. Sowieso hatte ich mir die ganze Situation anders vorgestellt: was mit Frühstück und Croissants und ab und zu einer zärtlichen Berührung. Im Badezimmerregal steht ein teuer aussehendes Bodyscrub mit nordnorwegischem Seetang. Bestimmt gehört es der Frau mit den stark nachgezogenen Augenbrauen.

Als ich aus dem Bad komme, schneidet Daniel in der Küche eine Avocado.

»Ich muss was arbeiten, aber wenn du magst, könnten wir uns gegen sieben Uhr in einem Restaurant verabreden«, sagt er, als er mich sieht.

»Ja«, antworte ich. »Wann soll ich übrigens wieder fahren? Ich kann morgen zurück nach Stavanger.«

»Bleib, solange du willst«, antwortet Daniel mit Blick auf die Avocado.

»Hör mal«, sagt Daniel. »Ich war mir nicht ganz sicher, ob du diesen Besuch freundschaftlich oder romantisch gemeint hast.«

»Oh«, sage ich. »Heute Morgen sagtest du noch, ich könne so lange bleiben, wie ich will.«

»Ich bin zu dem Schluss gekommen, dass das doch nicht so eine gute Idee ist.«

»Weil du eine Freundin hast?«

»Wie kommst du darauf?«

»Es sind jede Menge aktuelle Fotos von dir und einer Frau online. Nicht, dass ich mir deine gesamte Chronik angesehen hätte, aber diese Fotos springen einem direkt ins Auge. Falls du jemals eine Beziehung willst, wäre es eine gute Idee, die zu löschen.«

»Das wird meine Ex sein.« Daniel rührt mit seinen Essstäbchen durch die Nudelsuppe. »Letzten Herbst hat sie gefragt, ob ich zu ihr ziehen wolle, wir waren ungefähr ein Jahr zusammen und hatten die ganze Zeit eine Fernbeziehung. Sie wohnt in einem Dorf an der Grenze zu Finnland, noch eine Ecke nördlicher als da, wo das Symposium war. Sie wollte, dass wir beide in diesem Dorf wohnen.«

»Das klingt ziemlich schön«, sage ich.

»Nicht für mich«, antwortet Daniel. Er gibt der Kellnerin ein Zeichen und bestellt das dritte Kirin-Bier.

»Und dann ist es in die Brüche gegangen?«, frage ich.

»Sie war immer schon unsicher, eifersüchtig, wenn ich mich wegen meiner Arbeit mit Frauen verabredete. Aber später fingen die Weinkrämpfe an, sie weinte fast jeden Tag. An dem Abend, an dem sie wollte, dass ich in ihr Dorf ziehe, ist alles eskaliert. Während ich kurz in der Küche war, hat sie ein ganzes Fläschchen Schlaftropfen gekippt. Ich habe sie selbst zur nächsten Krankenstation gefahren, anderthalb Stunden entfernt.« Daniel nimmt einen großen Schluck Bier. Neben uns hält ein Pärchen über dem Tisch Händchen. »Du und ich, wir haben uns einfach zu früh kennengelernt«, sagt Daniel dann. »Ich bin noch nicht bereit für etwas Neues, das ist alles.«

In dieser Nacht ist der Sex intimer als davor. Nachdem wir beide eine kleine Dosis Schlaftropfen genommen haben, hält Daniel beim Einschlafen meine Hand fest. Schon bald werden seine Atemzüge tief und regelmäßig, seine Hand fühlt sich warm und angenehm an. Ich denke an Menschen, die niemanden haben, der sie ins Krankenhaus fährt, wenn alles in ihrem Kopf eskaliert.

Wann sind Sie ins Bett gegangen: 01:20
Wann sind Sie eingeschlafen: 04:30
Wie oft/wie lange waren Sie wach: zwischendurch nicht aufgewacht
Woran dachten Sie: –
Was haben Sie gemacht: –
Wann sind Sie aufgestanden: 07:30
Schlafdauer insgesamt: 3 Stunden

Morgens hoffe ich, dass Daniel seine Meinung geändert hat. Ich versuche, möglichst entspannt zu wirken. Ohne mich anzusehen, steigt Daniel aus dem Bett. Beim Frühstück schaut er ununterbrochen auf sein Handy. Schweigend bestreiche ich eine Scheibe Brot mit Himbeermarmelade. Ich will etwas Witziges sagen, etwas, das ihn zum Lachen bringt. In der Zeit, die es braucht, ein Butterbrot zu essen, versuche ich, mir etwas einfallen zu lassen.

»Na ja, ich gehe dann mal«, sage ich schließlich.

»Ja«, erwidert er.

Im Flur umarmt er mich.

»Vielleicht ändere ich meine Meinung noch, jetzt geht alles einfach zu schnell.«

Ich nicke.

Es ist März, auf der Straße schmilzt eine dünne Eisschicht, ein Rest der vergangenen Nacht. Ich gehe zum Bahnhof und fühle mich einsamer als gleich nach der Trennung von Andreas. Der Zug nach Stavanger fährt erst in zwei Stunden. In einem Café neben dem Bahnhof bestelle ich einen Cappuccino und setze mich auf einen Barhocker an einen hohen Tisch neben dem Fenster.

Während unserer langen Chats glaubte ich, in Daniel einen Verbündeten gefunden zu haben, jemanden, der auch noch nicht ganz angekommen war in Norwegen. Aber Daniels Entwurzelung befindet sich bloß in seinem Kopf. Ich denke an mein leeres Apartment mit dem Kaktus und der Aloe vera. Die Leere dringt jetzt noch tiefer als in der Zeit, bevor ich Daniel kennenlernte.

»Hey, Eliza, so ein Zufall!«, ertönt es hinter mir.

Es ist Stian. Er lächelt breit und trägt einen Karton.

»Hallo«, sage ich, den Blick auf den Karton gerichtet.

»Ich ziehe gerade um, zu Fuß. Das neue Apartment ist nur fünf Minuten vom alten entfernt, und das Café hier liegt genau in der Mitte. Ich habe dich durchs Fenster gesehen.« Er stellt den Karton ab. »Ich hätte auch Lust auf einen Kaffee. Macht es dir was aus, kurz dadrauf aufzupassen, während ich bestelle?«

Ohne meine Antwort abzuwarten, geht er zum Tresen. Stians Haare stehen am Hinterkopf in alle Richtungen ab, als wäre er mit nassen Haaren eingeschlafen.

»Ich störe dich hoffentlich nicht? Ich kann den Kaffee auch mitnehmen«, sagt Stian, als er kurz darauf mit einem Pappbecher neben mir steht.

»Nein, nein, setz dich doch«, sage ich. Ich schiebe ihm einen Barhocker hin. »Hast du viele Sachen, mit denen du umziehen musst?«

»Nicht wirklich. Es gibt ja Leute, die immer alles Mögliche sammeln müssen, bei mir ist es eher umgekehrt, ich werfe Sachen schnell weg.«

»Daniel wirft Menschen schnell weg«, rutscht mir heraus.

»Das macht er tatsächlich, ja«, sagt Stian. Er sieht mich nachdenklich an und rührt in seinem Kaffee.

Am Fenster geht ein junger Mann mit einer nahezu durchsichtig blassen Haut vorbei. Die Temperatur liegt knapp über dem Gefrierpunkt, aber der Mann trägt nur ein dünnes Seidenhemd. Die Haut unter seinen Augen ist ebenso hellblau wie das Hemd.

»Ich geh mal kurz schauen, ob das gut geht«, sagt Stian.

Durch das Fenster sehe ich, wie er den Mann anspricht und ihn danach Richtung Bahnhofsgebäude führt.

»Bist du im Dienst?«, frage ich Stian, als er mir wieder gegenübersitzt.

»Nein, aber ich kann mich nur mühsam ausschalten«, antwortet er.

»Wo gehen die Leute eigentlich hin? Ich habe gehört, da ist so eine Art Betreuung?«

»Erst versuchen wir herauszufinden, ob es Verwandte gibt, die sie abholen können. Das ist manchmal ganz schön schwierig. Manche sind so durcheinander, dass sie sich nicht mal an ihren Namen erinnern. Wenn wir niemanden erreichen können oder der Schlafmangel zu groß ist, um ihn nachzuholen, kommen sie tatsächlich vorübergehend in eine Art Betreuung, eine Schlummerklinik.«

Während er redet, faltet Stian aus der Serviette vor ihm auf dem Tisch ein Bötchen.

»Ist das denn freiwillig?«, frage ich. »Es kann doch nicht sein, dass alle, die verwirrt oder müde sind, weggeräumt werden, weil das nicht in unser ausgeruhtes Straßenbild passt. Jemand aus meinem Institut ist im Moment in einer Klinik, und einige befürchten, dass er gegen seinen Willen dort festgehalten wird.«

»Ja, da ist was dran«, sagt Stian.

»Vielleicht sollte ich das nicht sagen, aber manchmal denke ich, ich bin selbst fast so weit, von einem von euch aufgesammelt zu werden.«

Stian lächelt. »Ich versuche, nur Leute mitzunehmen, die so aussehen, als würden sie Hilfe wollen. Das weiß man nie ganz genau, aber auf jeden Fall versuche ich das. Ich habe Kollegen, die ziemlich übereilt vorgehen, die nehmen jeden mit, der auch nur ein wenig müde aussieht. Wie gesagt, lieber würde ich an der Kunstakademie unterrichten.«

»Ich komme gerade von Daniel«, sage ich. »Er hat mir von den heftigen Situationen mit seiner Exfreundin erzählt.«

»Heftige Situationen?«

»Na ja, dass es ihr psychisch oft nicht so gut ging.«

»Ich glaube, sie fühlte sich ganz gut. Nicht viel anders, als ich mich fühle, jedenfalls«, sagt Stian.

»Ach, hat Daniel nicht von ihrem Selbstmordversuch erzählt?«

»Nein. Einen Selbstmordversuch?«

»Er sagte, seine Ex habe ihn gebeten, bei ihr einzuziehen. Als er sich weigerte, sei sie völlig ausgerastet. Sie waren im Norden, und das nächste Krankenhaus war über eine Stunde Fahrt entfernt. Die ganze Zeit lag sie bewusstlos auf dem Rücksitz.«

»Aber er war ganz normal hier in Oslo, als seine Freundin ihn fragte, ob er zu ihr ziehen wolle«, sagt Stian. »Daniel war ziemlich mulmig zumute, und er hat am selben Abend Schluss gemacht, seine Freundin ist am nächsten Morgen gegangen. Und ich glaube, sie wollte in Oslo mit ihm zusammenleben, von Plänen, woanders zu wohnen, habe ich nie gehört.«

»Er hat sich den Selbstmordversuch also ausgedacht?«

»Daniel hat eine ziemlich lebhafte Fantasie, in seinem Kopf ist es wahrscheinlich wirklich so gelaufen. Oder vielleicht ist er einfach nur Norweger geworden, wir reden hier nicht so oft über Gefühle, wir gehen Konflikten aus dem Weg. Manchmal glaube ich sogar, das hat mit einer bestimmten Art von Stolz zu tun.«

»Dass man stolz darauf ist, nicht zu kommunizieren, meinst du?«

»Genau. In anderen Ländern werden gute kommunikative Fähigkeiten als eine Qualität gesehen, hier schätzt man es, wenn jemand schweigt.«

»Aber Daniel hat nicht geschwiegen, er hat sich eine ganze Geschichte ausgedacht.«

»Na ja, ich weiß auch nicht. Soll ich uns noch einen Kaffee holen?«, fragt Stian.

»Ich muss allmählich mal zum Bahnhof«, antworte ich. Beide sind wir einen Moment still, dann stehe ich auf, um mir meine Jacke anzuziehen.

»Okay. War nett, dich kennenzulernen, Eliza.«

Als ich draußen bin, sehe ich, wie Stian das Serviettenbötchen auf die Fensterbank stellt.

Mein Besuch in Oslo ist inzwischen drei Wochen her, und ich habe nichts mehr von Daniel gehört. Seit meiner Rückkehr nennt Ratna ihn den Schildkrötenmann. In letzter Zeit zieht sie die Augenbrauen hoch, wenn ich von Daniel anfange. Leute, die schon jahrelang eine Beziehung haben, vergessen manchmal, wie unsicher es macht, wenn man datet.

»Komm schon, Eliza, es gibt wirklich wichtigere Sachen, über die man sich einen Kopf machen kann. Der Nachtwächter ist übrigens noch immer nicht aufgetaucht.«

»Vielleicht bekommt er ja genau die richtige Behandlung«, sage ich.

Ich habe Ratna nichts über Stian und seinen Job als Schlafwächter erzählt. Stian machte einen so beruhigenden Eindruck auf mich, dass ich es seit unserer Begegnung schwierig finde, hinter den Schlafwächtern etwas Negatives zu vermuten.

Ratna will etwas entgegnen, aber mein Handy vibriert. Noch immer hoffe ich bei jeder Nachricht auf Daniel.

Es ist meine Mutter.

Hey, Lies, ich glaube, Kasper fühlt sich ein wenig einsam. Könntest du ihn nicht in Taipeh besuchen? Dann kommst du auch mal raus, du fährst nie weg. Ich bezahle die Hälfte der Flugkosten, selbst verreise ich doch nicht.

Meine Mutter hat Krampfadern, sie hat Angst, dass die während einer langen Flugreise platzen könnten.

Gleich darauf folgt eine Nachricht von Andreas' Bruder.

Hallo, Eliza, wie geht's? Mein Projekt hier nähert sich dem Ende, und ich komme zurück nach Stavanger. Im Sommer würde ich gern wieder in meine Wohnung ziehen.

»Bald habe ich keine Wohnung mehr, und vielleicht fliege ich nach Taipeh«, sage ich zu Ratna, während ich mein Handy auf den Schreibtisch lege.

»Hm«, macht sie.

Wie gebannt schaut Ratna auf ihren Bildschirm. »Ich habe einen Artikel über den Architekten gefunden, der an diesen Schlafkliniken arbeitet. Es sind riesige treibende Gebilde, das Interieur ist schalldämpfend, und alles ist darauf ausgerichtet, die Bewohner schläfrig zu machen. Es ist doch wirklich eigenartig, dass Andreas nicht mehr darüber weiß. Meinst du, er verschweigt uns was?« Ratna dreht mir ihren Bildschirm zu. »Guck mal, das da ist die Klinik in Oslo.«

Ein großes Foto von etwas, das sowohl ein Boot als auch ein Zeppelin sein könnte. Das Bauwerk ist mit reflektierendem Material bedeckt, flüssige Glasschuppen, die den Himmel widerspiegeln. Ratna scrollt runter. Da sind Fotos von den Zimmern. Die Betten bestehen aus pastellfarbenem Schaum. Noch etwas weiter nach unten ein Foto des Architekten in einem Wald, ein schlanker Mann im dunkelgrauen Rollkragenpulli. Neben ihm steht eine Frau, die ein Mikrofon hochhält. *Der Architekt arbeitet eng mit Akustikern zusammen, um eine möglichst beruhigende Soundscape für die Kliniken zu erschaffen*, steht unter dem Foto.

»Also, ich traue dem Ganzen nicht im Geringsten«, sagt Ratna. »Allein schon diese Geheimnistuerei.«

»Das muss doch nicht negativ sein«, sage ich. »Dieser Artikel zeichnet ein schönes Bild. Für mich geht etwas Beruhigendes davon aus, dieser Nachdruck auf Geräusche, die Leute, die daran arbeiten, müssen ziemlich sensibel für ihre Umgebung sein. Ich würde so eine Klinik gern mal von innen sehen, einfach aus Neugier.«

»Ich nicht«, entgegnet Ratna. »Ich finde diesen Artikel viel zu verklärt. Eigentlich müsste sich da mal ein Journalist einschleusen.«

»Hat bestimmt schon jemand getan, darüber müssen wir uns nicht den Kopf zerbrechen«, sage ich. »Aber hast du mir gerade überhaupt zugehört? Ich glaube, ich besuche meinen Bruder in Taipeh.«

Ich sitze auf einem Plastikstuhl am Gate. Ein großer Bildschirm zeigt abwechselnd die Abfluginformationen an und ein Interview mit einem Chronobiologen, der die Relevanz eines stabilen Tag-Nacht-Rhythmus erklärt. Eine Bodenstewardess teilt verdunkelnde Einwegbrillen aus, mit denen wir uns schon mal an die Zeit in Taipeh gewöhnen können (wo es jetzt Nacht ist). Ich bin eine der wenigen, die die Brille nicht sofort aufsetzt.

Der Hausarzt sagt, ich müsse meinen Fragebogen jeden Tag ausfüllen. Also auch im Flugzeug nach Taiwan.

Wann sind Sie ins Bett gegangen: nicht
Wann sind Sie eingeschlafen: nicht
Wie oft/wie lange waren Sie wach: den ganzen Flug über
Woran dachten Sie: daran, dass die Frau neben mir verbal von dem Mann auf der anderen Seite belästigt wird
Daran, dass ich froh bin, dass ich nicht neben diesem Mann sitze
Daran, wie ruhig die Frau bleibt, eine große Dosis Schlaftropfen nimmt und sich eine Schlafmaske aufsetzt
Daran, wie der Mann endlich Ruhe gibt
Daran, dass ich mir etwa zehn Minuten von der Verfilmung des Lebens von Vincent van Gogh angesehen habe
Daran, dass ich eine ovo-lacto-vegetarische Mahlzeit bestellt habe und mein Essen eine halbe Stunde früher serviert bekomme als die anderen Passagiere
Daran, was die anderen Passagiere darüber denken
Daran, dass die Frau neben mir jetzt tief schläft und keine Mahlzeit bekommt
Daran, wie gebleicht die Zähne des Stewards aussehen

Daran, wie die Lichter ausgehen
Daran, wie sich ein Passagier durch den Gang vorsichtig zur Toilette schiebt
Daran, wie schön es wäre, zusammen mit jemandem unterwegs zu sein
Daran, wie derjenige dann den Arm um mich legen würde
Daran, wie superpenibel Daniel in sein Notizheft geschrieben hat
Daran, wie in dem Trailer eines japanischen Films der tote Körper einer Frau aus dem Meer gefischt wird
Daran, dass es in dem Film-Menü keine guten Filme gibt
Daran, dass mein Buch in meinem Rucksack im Gepäckfach steckt
Daran, dass es asozial wäre, jetzt eine Leselampe einzuschalten
Daran, dass die Frau neben mir das doch nicht sieht mit der Schlafmaske
Daran, dass sie vielleicht nicht schläft, sondern die ganze Zeit nur so tut, um diesen nervigen Mann loszuwerden, und dadurch ihre Mahlzeit verpasst hat
Daran, dass es in Taipeh sehr heiß sein wird und ich Hitze nicht gut vertrage
Daran, dass es in Stavanger nie wärmer als zweiundzwanzig Grad wird
Daran, dass ich in Taipeh Leute für meine Studie interviewen kann
Daran, dass es mit meinem Forschungsantrag noch immer nicht vorangeht, aber dass alles vielleicht klarer wird, wenn ich einfach mit den Interviews anfange
Daran, dass es ziemlich intime Fragen sind, eigentlich
Daran, dass Leute wütend werden könnten, wenn ich

intime Fragen stelle
Daran, dass Leute vielleicht nicht alle gut Englisch sprechen
Daran, dass ich jemanden finden muss, der als Dolmetscher fungieren kann
Daran, dass es überhaupt keinen Sinn macht, den größten Teil meiner Schlafforschungsstudie in Norwegen durchzuführen und dann plötzlich ein paar Leute in Taipeh zu interviewen
Daran, dass das Leben nun einmal so läuft, dass man plötzlich in Taipeh ist
Daran, dass ich bald in Stavanger keine Wohnung mehr habe
Daran, dass ich genauso gut in Taipeh bleiben kann, da ist wenigstens Kasper
Daran, dass das Wort »Schlaf« dem Wort »Schläfe« sehr ähnelt, der verletzlichen Stelle seitlich am Kopf
Was haben Sie gemacht: Ich habe mir den japanischen Film mit der Leiche angesehen, die aus dem Meer gefischt wird
Wann sind Sie aufgestanden: nicht
Schlafdauer insgesamt: 0 Stunden und 0 Minuten

Das letzte Mal habe ich Kasper im Sommer gesehen, beim Geburtstag meiner Mutter, vor ungefähr neun Monaten. Wir feierten in ihrem Garten. Meine Mutter ist irgendwie sozialer als Kasper und ich. Der Garten war voller Freunde und Kollegen, manche kannten sie nicht mal besonders gut, ich saß neben einer Frau, die meine Mutter ständig »Pien« nannte. (Sie heißt Sien).

»Pien müsste mal was an dem Unkraut tun«, sagte die Frau. Abgesehen von ein paar Jahren auf dem Schiff hat meine Mutter den größten Teil ihres Lebens in Mietwohnungen gelebt. Seit zwei Jahren wohnt sie in einem Reihenhaus mit Garten. Ich schaue auf den ungepflegten Boden und antworte, dass meine Mutter wahrscheinlich einen wilden Garten anstrebt, einen Ort, an dem sie die Natur walten lässt.

Ich ziehe meine Jacke aus, der Frühling in Taipeh ist bedeutend wärmer als der Sommer in Rotterdam. Kaspers Apartment befindet sich in einem Außenbezirk der Stadt. In der sechsten Etage des Hochhauses, zwischen einem Fluss und einer belebten vierspurigen Straße, betrachte ich die Objekte, die Kasper in den paar Monaten, seit er hier lebt, versammelt hat. Ein Thermometer, vier Bücher, ein Reiseführer und eine Packung Aspirin. Die Sachen im Schrank fühlen sich klebrig an. Oder vielleicht fühle ich mich selbst klebrig an, es sind vierunddreißig Grad, und der Schweiß läuft mir über den Rücken. Kasper arbeitet an seinem Laptop. Ich sitze auf der Kante des Ledersofas. In einer Ecke huscht eine Kakerlake hinter den Vorhang. Ich drücke jetzt den Rücken gegen das Sofaleder, das kühl von der Klimaanlage ist. Auf meinem Handy schaue ich nach, wann Daniel zuletzt online war: vor drei Minuten. Anschließend mache ich ein Foto von den Lychees auf dem Tisch und von Kasper, der sich über seinen Laptop beugt, und schicke beide meiner Mutter. *Bin gut angekommen! In Kaspers Apartment sind Kakerlaken.*

»Was wir brauchen, ist ein Anker«, sagt Kasper eine Stunde später. Weil er seit seiner Ankunft in Taipeh noch keine Zeit hatte, Töpfe zu kaufen, sitzen wir auf mintgrünen Plastikstühlen in dem neonbeleuchteten Lokal unten in seinem Gebäude.

»Leute, die längere Zeit auf einem Schiff gelebt haben, brauchen einen Anker, sonst treiben sie immer weiter.«

»Mit diesem Anker meinst du eine Person?«, frage ich.

»Eine Person, ja.«

Seit Kasper in Taipeh ist, hat er eine Dating-App auf seinem Handy. Einmal pro Woche verabredet er sich mit einem jungen Rechtsanwalt, der Jeremy heißt. Er zeigt mir ein Foto, das sie auf einem Spaziergang unter Mangrovenbäumen zeigt. Jeremy lacht entspannt in die Kamera, Kasper hat einen knallroten Kopf.

»Es war total heiß an diesem Tag«, sagt Kasper.

»Ist Jeremy jetzt dein Anker?«, frage ich.

»Ein Anker ist jemand, den man öfter als einmal pro Woche sieht«, antwortet Kasper.

»Oh«, sage ich.

In den vergangenen Wochen habe ich Kasper in Bruchstücken von meiner Begegnung mit Daniel erzählt.

»Das Problem ist, dass du ins Treiben geraten bist. Du

musst einfach einen anderen Norweger finden, am besten jemanden mit einem schön eingerichteten Apartment. Dann brauchst du dich darum nicht mehr zu kümmern. Ein Anker eben.«

Kasper nimmt einen Schluck aus seiner Dose Taiwan Beer.

»Das war das Problem mit Andreas, und auch mit Daniel. Sie waren keine Anker, sie waren Denkmäler, und ich war eine Flechte, die auf ihnen wuchs. Ihr Leben in Norwegen hatte eine Form, während mein Leben formlos war, knetbar, es nahm die Gestalt ihrer Leben an. Bei Daniel dauerte das nur vier Wochen oder so, aber trotzdem.«

Kaspers Blick folgt einem attraktiven Passanten.

»Wir müssen eigentlich unser eigener Anker sein«, fahre ich fort. »Zunächst einmal müssten wir unser Apartment ankermäßig einrichten. Viele Pflanzen, Kochzeugs, solche Sachen. Wir müssen Regale an den Wänden anbringen und einen Garten anlegen, um dafür zu sorgen, dass wir mehrere Jahre am selben Ort wohnen bleiben. Regale und Garten vermitteln ein Gefühl der Geborgenheit.«

»Mal was ganz anderes«, sagt Kasper, »ich verwechsele die Namen Andreas und Daniel ständig. Daniel ist der mit den Schildkröten, oder?«

»Das kommt, weil du keinen von beiden kennengelernt hast.«

»Nein, das kommt, weil es irgendwie ähnliche Namen sind und du auf ähnliche Weise von ihnen erzählst. Ich stelle mir ein und dieselbe Person vor.«

»Dabei sind sie wirklich sehr unterschiedlich«, sage ich. »Ich mag keine allzu emotionalen Geschichten. Ich mag Theaterstücke, in denen die Schauspieler sich von ihrer Rolle distanzieren. Wenn sie sich nicht so besonders einfühlen, das mag ich.«

Kasper gibt ein Geräusch von sich. »Ein Anker kann einen auch ertränken«, sagt er dann. »Es geht darum, das richtige Gleichgewicht zwischen Geborgenheit und Freiheit zu finden.«

»Redest du jetzt von Menschen oder von Regalbrettern? Wir könnten mit einem Regal anfangen, in deiner Küche.«

»In meiner Küche?«

»Ja, du wohnst hier jetzt schon fünf Monate, aber es sieht aus, als wärst du gestern erst eingezogen.«

»Okay«, sagt Kasper. »Ein Regal in der Küche. Können wir morgen regeln, es gibt hier IKEA.«

Kasper hat ein Gästezimmer in seinem Apartment, mit Ausblick auf die Balkongärten des benachbarten Gebäudes. Eine Fleischfliege tickt ans Fenster. Ich ziehe den Vorhang zu und steige ins Bett. Bevor ich einschlafe, schaue ich eine Weile zu, wie die Klimaanlage das Moskitonetz aufbauscht. Die Geräusche der vierspurigen Straße strömen herein, die Abgase übrigens auch. Dieses Apartment saugt die Umgebung in sich auf, anders als die norwegischen Wohnungen, die alle Stadtgeräusche mit ihren isolierten Wänden abhalten.

Wann sind Sie ins Bett gegangen: 02:00
Wann sind Sie eingeschlafen: 03:15
Wie oft/wie lange waren Sie wach: von 05:00 bis 05:45
Woran dachten Sie: dass mein Anker sich gelöst hat und ich jetzt treibe
Was haben Sie gemacht: mir auf dem Handy eine Nachrichtenseite angesehen: *Taipeh Times* meldet

wieder Dutzende chinesische Kampfflugzeuge in taiwanesischem Luftraum
Wann sind Sie aufgestanden: 09:00
Schlafdauer insgesamt: 5 Stunden

09-12
Hua
St.
ROOKIE
CONVERSE
聯邦銀行
聯邦銀行

Der salzige Boden neben dem Fluss ist voller Löcher. Es ist Samstag, und nach dem Frühstück machen wir einen Spaziergang. Kasper erzählt, dass die Löcher von Schlammspringern stammen. Im Internet sehe ich mir Filme dieser seltsamen Tiere an: Sie graben Tunnel in den Schlamm, den sie ausspucken, und ihre Eier haben Augen. Modder kann eine Umwelt sein.

Kasper sagt, außer den Schlammspringern leben auch Würmer, Krabben, Frösche und Schalentiere auf dem Flussboden. Manchmal verstecken sich diese Tiere monatelang im Schlamm, um den Winter zu überstehen – sie halten Winterschlaf. Ich denke an *Chronobiologie*, ein Wort, das ich von Daniel gelernt habe. Es ist der Zweig der Biologie, der sich mit Tag-Nacht-Rhythmen beschäftigt. Ich nehme mir vor, hier in Taipeh früh aufzustehen. Im Frühling kann man in Taiwan am besten zwischen 07:00 und 11:00 Uhr rumlaufen, nach 11:00 Uhr wird es schnell zu heiß, und gegen 18:00 Uhr wird es dunkel.

Wir sitzen im Bus auf dem Weg zu IKEA. Beim Einsteigen hat Kasper den Busfahrer auf Mandarin begrüßt. Der Fahrer verstand ihn nicht, und es kam zu einer kurzen Verzögerung. Kasper macht seit ein paar Wochen einen Sprachkurs und muss Sprechen üben, sagt er hinten im Bus. Danach sagt er noch eine Menge Sachen auf Mandarin, eine ganze Liste von Wörtern, alles, was er bisher gelernt hat, strömt aus seinem Mund.

»Ich habe nicht so viele Leute, mit denen ich üben kann«, sagt er. »Und obwohl du kein Mandarin verstehst, fühlt sich das Laut-Sprechen doch besser an, wenn jemand zuhört.«

IKEA liegt am anderen Ende von Taipeh, und die Fahrt dauert etwa eine halbe Stunde. Kasper hat die Augen geschlossen. Auf meinem Handy suche ich nach Daniels Profil. Als sich die Webseite öffnet, spüre ich, wie mein Körper untergeht. Daniel wurde in einem Foto getaggt, auf dem er den Arm um eine rothaarige Frau legt, zusammen sitzen sie in einem Bötchen auf einem See. Daniel hat mit einem Herzchen auf das Foto reagiert. Ich klicke auf das Profil der Frau. Sie heißt Simone van Veen, ist in den Niederlanden geboren, wohnt inzwischen in Oslo, wo sie als Wissenschaftlerin an der Universität arbeitet. In ihrer Chronik sehe ich ein Foto mit einer Katze und Pflanzen auf der Fensterbank. Das Katzenfoto hat Daniel gemacht, vor etwa sechs Wochen, zwei Tage bevor ich nach Oslo kam, um ihn zu besuchen.

»Okay, der Schildkrötentyp hat also einen Fetisch für niederländische Frauen«, sagt Kasper, während er den Einkaufswagen durch IKEA schiebt.

»Ja, und er hat sich für ein Exemplar mit gutem Job und einem eigenen Apartment entschieden.«

»Du weißt nicht, ob sie das Apartment gekauft hat.«

»Mit ihrem Job könnte sie das jedenfalls bezahlen. Ich nicht.«

Kasper bringt den Einkaufswagen vor einer Wand mit Regalen zum Stehen. Er zeigt auf ein hölzernes Modell namens Fjällbo.

»Was hältst du von diesem? Komisch, dass die Möbel auch hier schwedische Namen haben.«

»*Fjällbo* heißt, glaube ich, so was wie *Bergwohnen*«, sage ich. »Völliger Unsinn. Eigentlich müssten sie eine Sprache nehmen, die keiner mehr spricht. Eine tote Sprache, kein Latein, eher eine Sprache, die von Anfang an nicht so bekannt war.«

»Ist es okay für dich, wenn ich mich morgen mit Jeremy verabrede?«, fragt Kasper.

Auf seinem Handy notiert er, in welchem Lagerregal wir Fjällbo finden können.

»Klar ist das okay«, antworte ich.

»Vielleicht können wir auch für dich online jemanden finden. Dann kannst du den gleich morgen kennenlernen.«

Im IKEA-Restaurant bestelle ich Oolong-Tee und Kasper Hackbällchen mit Honig-Senf-Soße. »Die schmecken ganz genau so wie bei IKEA in Europa«, sagt er mit vollem Mund.

Nach dem Essen suche ich auf meinem Handy nach Fotos für mein Profil.

»Dieses hier ist schön.« Er zeigt auf ein Foto, das Andreas gemacht hat, als wir seine Eltern in ihrem Dorf am Fjord besuchten. »Dann sieht man gleich, dass du was mit Wasser hast.«

»Es ist schon seltsam, oder?«, sage ich. »Daniel mit der niederländischen Frau, alles so zufällig. Als würde das Leben an Fäden zusammenhängen.«

Kasper ist noch immer mit meinem Profil beschäftigt und scheint mich nicht zu hören.

Nach einer kurzen Stille sagt er: »Daran glaube ich nicht, weißt du. Das Leben besteht gerade aus losen Bruchstücken. Genau wie die Menschen, die wir treffen, lose Bruchstücke sind. Manchmal bringen geteilte Erlebnisse uns näher zusammen, und danach treiben wir allmählich wieder auseinander. Ein bisschen so wie Wellen. Die kann man auch nicht aneinanderreihen.«

Im Bus zurück nach Hause versucht Kasper auf Mandarin etwas zu einem älteren Mann zu sagen. Der Mann fängt sehr laut an zu lachen.

Ich stelle mir ein Leben in Wellen vor, die man nicht aneinanderreihen kann, und wie beunruhigend das ist. Sprache besteht aus Wellen, denke ich, während ich nach draußen schaue. Erst als Gehirnwellen in unserem Kopf, die Wörter, die wir aussprechen, bewegen sich anschließend in Schallwellen durch die Luft. Zu jemandem oder gerade an jemandem vorbei. Manchmal fängt nicht der beabsichtigte Empfänger sie auf, sondern jemand anderes, wie in Oslo, als Stian die für Daniel bestimmten Schallwellen auffing.

Mir fällt ein, dass ich noch nicht auf eine Nachricht von Stian reagiert habe. Für seine Arbeit kommt er ein paar Tage nach Stavanger, eine neue Schlummerklinik wird eröffnet. Er würde gern einen Kaffee mit mir trinken. Ich halte mein Handy vor das Busfenster und mache ein Foto von einem Park. *Bin zu Besuch bei meinem Bruder in Taiwan. Ein anderes Mal sehr gerne*, schreibe ich zurück.

Abends lese ich ein Buch von Leena Krohn, und Kasper sieht sich Nachrichten an. Es ist angenehm, nach so langer Zeit mit jemandem still im selben Raum zu sein. Die Geschichte im Buch ist von überlebensgroßen Insekten bevölkert, die ihr Haus ständig mit sich tragen. Irgendwie geht es um das Fehlen eines Ankers.

»Ich lese hier einen schönen Satz, Kas«, sage ich.

Those who constantly drag their houses with them remain unknown to other people. One can gain only a brief glimpse of them, if that; they are always in hiding.

Ich sehe auf und fahre fort: »Das gilt auch für das Leben auf einem Schiff, dass man nur einen kurzen Blick auf die Bewohner erhascht. Oder für unsere Lebensweise, mit all den Umzügen.«

»Ich glaube, Mama macht sich Sorgen um uns«, sagt Kasper, nachdem er eine Weile still war. »Sie kommt immer mit Vorschlägen um die Ecke, wie ich Leute kennenlernen kann, letztens erzählte sie mir von dieser Loser-App, mit der man Freunde finden kann.«

»Ich finde das überhaupt keine Loser-App«, sage ich. »Ich glaube, viele Leute, die mit dem Studium fertig sind und wegen ihrer Arbeit in eine neue Stadt ziehen, fragen sich, wie sie verdammt noch mal neue Freunde finden sollen.«

NEW TAIPEI METROPOLITAN PARK

Pünktlich um sieben Uhr stehe ich an der Metrostation im Da'an-Viertel. Gestern Abend hat Kasper auf der Dating-App jemanden für mich gefunden.

»Sieh mal, hier steht er auf einem Felsen im Meer. Er schaut nicht allzu begeistert aus, passt richtig gut zu dir«, sagte Kasper.

»Was hat er studiert?«, fragte ich.

»Was spielt das denn für eine Rolle? Willst du seine Fotos nicht sehen?«

Kasper zeigte mir das Schwarz-Weiß-Foto eines jungen Mannes, der mit ernster Miene in die Kamera schaut. Unter dem Foto stand etwas über ein Biologiestudium.

Ich kann ihn ja nach seinem Schlafverhalten fragen, sollte unser Gespräch ins Stocken geraten.

Als ich um 19:05 Uhr auf mein Handy schaue, stellt sich jemand neben mich.

»Eliza?«, fragt ein schlanker Mann mit dunklen Augenrändern.

Trotz der sichtbaren Müdigkeit wirkt er fröhlicher als auf dem Foto, er hat Grübchen und plaudert locker. Wir gehen an den Restaurants in Yongkang Street vorüber und betreten eine Bar. Ich sage, ich würde in Norwegen wohnen, und er erzählt begeistert, er sei vor ein paar Jahren auf Spitzbergen gewesen. Drinnen zeigt er mir ein Foto, auf dem er in einer Daunenjacke mit Fellkragen neben einem türkisfarbenen Brocken Schmelzeis steht.

»Ich wohne im Süden von Norwegen, das ist viel weniger exotisch als Spitzbergen. Im Winter schneit es ab und zu, hauptsächlich nasser Schnee, den Rest des Jahres gibt es vor allem viel Regen und Wind«, sage ich.

»Trotzdem klingt Norwegen sehr schön«, sagt der Biologe unbeirrt.

Nachdem wir unser Bier getrunken haben, schlägt er vor, über den Nachtmarkt zu gehen. Nachtmärkte bestehen aus einer Aneinanderreihung mobiler Essstände, die um den Sonnenuntergang herum im Straßenbild auftauchen. Er zeigt auf einen Stand mit Dumplings und gedämpften Brötchen. Etwas später essen wir auf einer Bank eine Art knusprigen Pfannkuchen mit Frühlingszwiebeln. Der Biologe erzählt, er organisiere gemeinsam mit einem Kollegen Wanderungen durch die tropischen Wälder etwas außerhalb Taipehs. »Wenn du möchtest, kannst du mitkommen, dann siehst du auch mal was anderes als die Stadt, während du hier in Taiwan bist. Diesen Samstag steht wieder eine Wanderung auf dem Programm.«

»Sehr gerne«, antworte ich. »Bestimmt kann man viel über die Natur hier erzählen.« Es sieht aus, als würde das Grün an den Rändern der Stadt knabbern. Vielleicht liegt das an der Feuchtigkeit. Wenn der Mensch die Natur ungehindert wirken lassen würde, wäre Taipeh im Nu von Pflanzen überwuchert.

Als ich durch den Da'an-Park zurück zur Metro gehe, übertönen die Frösche im Wasser alle Stadtgeräusche.

Mit einer Gruppe von etwa zwanzig vor allem älteren Taiwanesen laufe ich an diesem Samstag durch den warmen, feuchten Wald. Der Pfad führt bergauf, und ich bin die Einzige, die schon nach fünf Minuten schweißgebadet ist. Der Biologe und sein Kollege machen uns auf Giftschlangen und Raupen aufmerksam, die sich als Zweige tarnen. Ich hoffe, mein roter Kopf fällt nicht auf, und bleibe so weit wie möglich hinten in der Gruppe.

Nach dem ersten Treffen mit dem Biologen dachte ich, es würde sich eine Freundschaft zwischen uns entwickeln, dass ich jemanden gefunden hätte, um gemeinsam Taipeh zu entdecken. Nach dem zweiten Treffen stimme ich jedoch zu, als er mich nach der Wanderung in sein Apartment einlädt. Um den Schweiß loszuwerden, sprenkle ich mir auf der Toilette ein wenig Wasser ins Gesicht und unter die Achseln.

»Dieser Ort hier ist ein wenig seltsam«, sagt der Biologe, als ich aus dem Bad komme. »Ich wohne erst seit ein paar Monaten in Taipeh und bin auf der Suche nach etwas Besserem.«

Über seine Schulter schaue ich ins Wohnzimmer. Der Boden und die Wände bestehen aus cremefarbenen imitierten Marmorfliesen. Der Raum hat keine Fenster, und es stehen kaum Sachen darin.

»Macht nichts«, sage ich. »Ich wohne auch in einem leeren Apartment.«

»Die Beleuchtung ist auch seltsam, sieh nur, das hier ist *Arbeitstreffen*.« Der Biologe drückt auf einen Knopf an einem Armaturenbrett in der Wand.

Die Deckenspots füllen den Raum mit einem grellen weißen Licht, ich kneife die Augen zusammen.

»Und das hier ist *Romantisch*.«

Die Spots gehen aus, und zwei Lampen neben dem Sofa springen an. Gedämpft und gelb, nur das Sofa ist sichtbar.

»Ich stell mal auf *Lesen*, das mache ich meist abends.«

Die Lampen neben dem Sofa bleiben an, aber eine größere Lampe über dem Esstisch schaltet sich hinzu.

»Setz dich, möchtest du Wein?«

Ich setze mich aufs Sofa und lese den Titel des Buches, das auf dem Tisch liegt. *The Waves* von Virginia Woolf.

»Magst du Virginia Woolf?«, erkundige ich mich.

»Eigentlich nicht, das Buch habe ich von meiner Schwester bekommen. Vielleicht ist mein Englisch nicht gut genug. Wenn du möchtest, kannst du's haben.«

Der Biologe stellt zwei Gläser auf den Tisch und setzt sich neben mich.

»Warum lachst du?«

»Ich finde es gut, wie du sagst, dass du Virginia Woolf nicht magst. Unprätentiös.«

Mein Blick wandert durchs Wohnzimmer. Neben dem Sofa steht eine Statue von einem Löwen, auch aus Marmorimitat.

Der Biologe sieht, wie ich den Löwen betrachte.

»Ja, bei der Besichtigung des Apartments habe ich gesagt, ich würde den Vertrag unterschreiben, wenn sie diesen Löwen wegholen. Aber der ist noch immer da.«

Er nimmt einen Pullover vom Stuhl und hängt ihn über den Löwenkopf.

Als der Biologe zur Toilette geht, lese ich auf meinem Handy eine Nachricht von Kasper.

Jeremy meint, es sei zu viel verlangt, von jemandem zu fordern, dein Anker zu sein. Er sagt, jeder müsse sich in erster Linie selbst Halt bieten, zum Beispiel, indem er sich Gründe ausdenkt, um sich an einem bestimmten Ort niederzulassen (andere Gründe als einen Partner).

»Möchtest du noch Wein?«, fragt der Biologe, als er zurückkommt.

»Nein, danke«, sage ich.

»Etwas anderes? Vielleicht Tee?«

»Tee klingt gut, ja.«

Der Biologe gibt mir eine Tasse Jasmintee und setzt sich hin. Der Tee ist zu heiß, und ich stelle die Tasse auf dem Tisch ab.

Und dann ist der Biologe tatkräftiger, als ich es von einem Biologen erwartet hatte.

»Tatkräftiger!«

Es ist der nächste Tag, und Kasper muss laut lachen. »Was hattest du denn von einem Biologen erwartet? Es gibt die unterschiedlichsten Biologen. Manche sind spezialisiert auf Tiger, andere auf so winzige Organismen, dass man sie überhaupt nicht sieht. Es gibt sogar Biologen, die auf Tiere spezialisiert sind, die tief unten in dunklen Kanälen leben und sich so weiterentwickelt haben, dass sie keine Augen mehr besitzen.«

»Vielleicht hatte das mit diesem schrägen Marmorimitat zu tun.«

»Ich brauch nicht alle Details zu wissen, Lies.«

»Aber wie gesagt, er hat riesige Schlafprobleme, schläft oft nicht mehr als drei Stunden pro Nacht. Daher das Schwarz-Weiß-Foto in seinem Profil, in Farbe sieht das Blau unter seinen Augen aus, als wäre unter seiner Haut ein Gletschersee. Ich habe ihm gestern von meinem Schlaftagebuch erzählt. Da hat er spaßeshalber auch einen Fragebogen ausgefüllt. Vielleicht kann ich ja was damit anfangen.«

Kasper und ich schauen uns auf meinem Handy den Fragebogen des Biologen an:

Wann sind Sie ins Bett gegangen: 03:00

Wann sind Sie eingeschlafen: 04:30

Wie oft/wie lange waren Sie wach: –

Woran dachten Sie: –

Was haben Sie gemacht: –

Wann sind Sie aufgestanden? 07:00
Schlafdauer insgesamt: 2 Stunden und 30 Minuten

»Und jetzt?«, fragt Kasper. »Möchtest du ihn öfter sehen?«

»Ich weiß nicht. Dann bleibe ich noch für immer in Taipeh.«

»Großartig!«

»Aber nicht praktisch.«

»Warum nicht?«

»Das weißt du selbst auch.«

»So eine Büroarbeit, die du jetzt machst, kannst du hier bestimmt auch finden«, sagt Kasper. »Und dann schaust du später, was auf dich zukommt. So viel hast du in Norwegen auch wieder nicht zu verlieren.«

»Aber ich spreche kein Mandarin.«

»Du kannst meinen Kurs machen. Du kannst sogar hier einziehen! Du bist sowieso die Erste, die mein Gästezimmer benutzt.«

»Nicht so voreilig, ich habe den Biologen erst zweimal gesehen. Sein Apartment hat mich allerdings ein wenig beruhigt. Er hat nicht viele Sachen, und in seinem Wohnzimmer gibt es ein Echo. In Stavanger habe ich auch ein Echo.« Ich rühre mit meinem Strohhalm durch einen Becher Mangosaft, den Kasper für mich gekauft hat, und denke daran, dass ich bei Andreas und Daniel ständig Angst hatte, etwas Falsches zu sagen. Wenn ich mich mit dem Biologen unterhalte, spüre ich diese Unsicherheit nicht.

»Worauf ist er eigentlich spezialisiert? Hoffentlich auf Schildkröten?«, fragt Kasper. »Die gibt's hier nämlich, die sind im Fluss.«

»Keine Ahnung, ich wollte das auf der Wanderung fragen, aber es ergab sich keine Gelegenheit.«

»Vielleicht untersucht er die Verbreitung von Schlaflosigkeit durch Fleischfliegen. Dann passt ihr schön zusammen.«

»Apropos Fliegen, kannst du nichts gegen diese Brummer in deinem Apartment tun?«, frage ich.

»Glaubst du wirklich, dass die die Schlaflosigkeit verbreiten?«

»Sie machen mich einfach nervös. Und ich ertrage dieses Geräusch nicht, wie sie ständig gegen die Scheiben knallen.«

»So schlimm kann das nicht sein«, sagt Kasper. »Ich achte immer darauf, dass die Fliegenfenster geschlossen sind. Ich sehe hier kaum Fliegen oder Mücken. Ab und zu mal eine Kakerlake, aber die kommen, glaube ich, vom Gang aus rein.«

»Bevor ich gestern schlafen gegangen bin, habe ich ungefähr acht Fliegen an der Decke gezählt«, sage ich.

Kasper geht ins Gästezimmer. »Echt? Ich sehe da überhaupt nichts.«

»Kasper?«

Es ist Abend, und wir sitzen mit unseren Laptops auf dem Sofa. Kasper muss für seine Arbeit noch einen Bericht schreiben, und ich klicke mich durch Wikipedia-Artikel.

»Solltest du nicht mal diesen Forschungsantrag stellen?«, entgegnet er.

»Das mache ich auch, ja. Aber mir fiel gerade ein, dass du durch deine Arbeit mit Wasserkraftenergie enzyklopädisches Wasserwissen besitzt.«

»Okay.«

»Wenn ich an Wasser oder Flüsse denke, kommen mir sofort Gedanken an Papa in den Sinn. Hast du das auch?«

Kasper tippt etwas.

»Dass es ihm schwerfiel, an demselben Ort zu bleiben, zum Beispiel«, fahre ich fort. »Genau wie uns.«

Kasper nickt abwesend, die Augen auf den Bildschirm gerichtet.

»Ich lese hier was über die Maas, und mir wird klar, wie viel Glück wir hatten, dass Papas Körper angespült wurde, dass er nicht in eine Art Strömung geriet und sehr weit rausgetrieben wurde, meine ich.«

»Hm«, sagt Kasper, die Augen noch immer auf den Bildschirm gerichtet. »Im Sommer gibt es nicht viel Strömung in der Maas.«

»Manchmal habe ich Angst, dass du eines Tages auch beschließt, in einen Fluss zu springen«, sage ich. »Und dass Mama und ich zuerst gar nicht wissen, dass du tot bist, weil du so weit weg lebst.«

»So ein Unfug«, sagt Kasper. Er klappt seinen Laptop zu und sieht mich an.

»Ich versuche einfach, mir Lösungen zu überlegen«, sage ich. Meine Stimme klingt höher als sonst. »Es wäre gut, wenn du und Jeremy zusammen Regale an der Wand befestigen würdet. Oder der Biologe und ich. Dann ist immer jemand da, um uns im Auge zu behalten, auf jeden Fall jemand, der Mama in den Niederlanden anrufen kann, sollten wir aus dem Fluss gefischt werden.«

Als ich vierzehn war, sprang mein Vater in einen Fluss, sein Körper tauchte drei Tage nach dem Sprung aufgedunsen an der Wasseroberfläche auf.

Bis zu meinem neunten Lebensjahr lebten wir auf dem Schiff, meine Eltern, Kasper und ich. Kurz vor Kaspers sechstem Geburtstag (das Alter, in dem er ins Internat hätte müssen) packte meine Mutter alles, was sie zu brauchen glaubte, in Kartons, und wir ließen meinen Vater allein im Deckshaus zurück. Zu dritt zogen wir in eine kleine Wohnung in Rotterdam. Allmählich gewöhnten Kasper und ich uns an das Leben an Land. Es war eine Bewegung, die, wenn ich jetzt darauf zurückblicke, eine Kluft zu meinem Vater entstehen ließ. Gar nicht mal eine tiefe Kluft, vielleicht auch eher ein Hügel als ein Flusstal. Tatsache ist, dass wir ab diesem Moment Sachen erlebten, zu denen Papa uns keine Ratschläge geben konnte.

Die Wochenenden und die Ferien verbrachten Kasper und ich auf dem Schiff. Als ich elf war, änderte sich etwas, mein Vater blieb immer länger im Bett liegen, weil er müde war. Das war natürlich nicht so verwunderlich, er tat nachts kein Auge zu. Wenn wir nicht selbst die Initiative ergriffen und an seine Schlafzimmertür klopften, bekamen wir ihn kaum zu Gesicht. Ich dachte, er hätte Grippe, und las ihm aus meinen Bibliotheksbüchern vor. Zwischendurch musste mein Vater ganz laut lachen oder weinen, an Stellen, an denen in der Geschichte nicht so viel passierte. Das machte mir Angst. Ich erzählte meiner Mutter von dem plötzlichen Lachen und Weinen. Ab da an waren wir nicht mehr so oft bei ihm.

Es gibt Leute, die aus verschiedenen Kontinenten nach London fahren, um sich in der Themse zu ertränken. Mein Vater sprang einfach in die Maas.

Nach dem Begräbnis lächelte ich ständig wie eine Idiotin. Niemand in der Schule beneidete mich natürlich, ich war in diesem Jahr die unglücklichste Schülerin. Aber ich entdeckte, dass, solange in meinem Gesicht ein Lächeln stand, ich nicht einfach so in Tränen ausbrechen konnte, ein eigenartiger Kunstgriff des Körpers.

Ich erinnere mich an einen Ausflug. Wir zelteten am Rhein, meine Eltern, Kasper und ich. Auf Mieträdern fuhren wir zu einer Kiesgrube. Es waren fast dreißig Grad. Ich hatte meinen Badeanzug mit den Delfinen an, in meinen Haaren klebte Sonnencreme. Bei der Ankunft warf Kasper sein Fahrrad in den Sand und lief mit seinen Schwimmflügeln ins Wasser. Mein Vater hatte ein gutes Jahr gehabt, er hatte ein größeres Schiff gekauft, und er und meine Mutter radelten Hand in Hand. Kaum hatten sie ihre Räder abgestellt, stand mein Vater auch schon bis zu den Hüften im klaren Wasser.

Meine Mutter machte vorsichtige Schritte in den Schlick, um nicht auf die Süßwasser-Würmer zu treten. Ich sah überhaupt keine Würmer, aber meine Mutter sagte, ich solle vorsichtig sein. »Nicht so weit rein, Bram!«, rief sie meinem Vater anschließend zu. Er und Kasper waren schon fast am offenen Gewässer. Ich stellte mir vor, wie sie durch die Strömung mitgerissen wurden, an verschiedenen Landschaften vorbei, und schließlich in der Nordsee landeten. Gleichzeitig wusste ich, dass mein Vater niemals ertrinken würde. Mein Vater war schließlich ein Schifferkind, in seinen Genen war Wasser. Ich habe oft über das Wort nachgedacht, Schifferkind. Und was sind Kasper und ich? Meine Mutter ist ganz normal vom Land, ein Landkind. Kasper und ich sind Wasser vermischt mit Erde: Schlammkinder.

Ich war stolz auf meinen Vater, wie er durch das Wasser schoss. Er erzählte mal von einem Wal, der 1966 aus Versehen ein ganzes Stück den Rhein raufgeschwommen war. Alle wollten ein Foto der weißen Flosse, die ab und zu aus dem Wasser ragte. Mein Vater zeigte mir einen kurzen körnigen Schwarz-Weiß-Film. Reihenweise Zuschauer an den Ufern, sie schauten zu dem Wal und auch zu den Männern mit den Betäubungsgewehren. Die Männer schossen immer daneben, und nach einigen Tagen machte das Tier kehrt. Ich dachte an den verirrten Wal, als ich bis zu den Knien im Wasser der Kiesgrube stand. Ich stellte mir vor, wie er sich aus dem tieferen Teil des Flusses in die Luft schrauben würde, wie auf dem Filmposter von *Free Willy*. Oder wie er an meinen Zehen knabbern würde, wenn ich tiefer ins Wasser ging. Ich drehte mich um und lief zu dem Sandstrand. Ich erinnere mich daran, dass ich ein Handtuch ausbreitete und Kasper und mein Vater noch eine ganze Weile im Wasser blieben.

Ein paar Jahre später sollte ich entdecken, dass Schifferkinder durchaus ertrinken, vor allem wenn das Ertrinken Teil eines Plans ist. Damit hatte ich nicht gerechnet, in diesem Sommer an der Kiesgrube. Wenn man nur genügend Schlaftropfen nimmt, wird sogar das stärkste Schifferkind nicht mehr schwimmen können. Als sie ihn fanden, trug mein Vater seinen Pyjama, als hätte ihn der Fluss in den Schlaf gewiegt.

In den Wochen vor seinem Tod hatte mein Vater graue Ringe unter den Augen. Er lag auf dem Bett und hörte sich über Kopfhörer Naturgeräusche an, aufgenommen in immer anderen Gebieten. Er sagte, die Geräusche würden ihn beruhigen, sie würden ihm beim Einschlafen helfen. Seine Lieblingsaufnahmen stammten aus den Küstengebieten, vor allem die Dateien mit Vogelgeräuschen aus Zeeland hörte er sich oft auf seinem MP3-Player an. Manchmal legte ich mich neben ihn, und dann durfte ich den Kopfhörer kurz aufsetzen. Regen war mein Lieblingsgeräusch. Wenn ich genau hinhörte, spürte ich, wie die glitzernden Tropfen überall auf meinen Körper prasselten. Eine der Tonaufnahmen war in dem Versunkenen Land von Saeftinghe gemacht worden, einem Naturgebiet an der Grenze zwischen den Niederlanden und Belgien. Ich fragte meinen Vater, ob beim Versinken des Landes viele Menschen und Tiere gestorben waren. »Das ist eine gute Frage, Lies«, sagte er.

Mein Vater hatte in dieser Zeit oft einen traurigen Gesichtsausdruck, aber ich habe ihn damals nie weinen sehen. Vielleicht liegt das an seiner Mutter, meiner Oma. Ich erinnere mich an einen Moment, als ich sieben war und nach einem Wochenende bei Opa und Oma nicht zurück ins Internat wollte, ich vermisste meine Eltern, die mit dem Schiff in Deutschland waren.

Meine Oma sagte wütend, alle in der Familie hätten irgendwann mal in einem Schifferinternat gelebt und ich solle mich nicht so anstellen.

Unvollendete Ode an den Schlamm

Ich finde *Schlammassel* ein ziemlich sympathisches Wort.

Der Biologe und ich stehen Hand in Hand auf einer Rolltreppe im unterirdischen Teil Taipehs. Die gefühlte Temperatur ist in den vergangenen Tagen noch weiter gestiegen. Oben, über der Erde, sind es fast vierzig Grad, und ich frage den Biologen, ob er glaubt, dass es hier Leute gibt, die wegen der Hitze nur unter der Erde leben, die ihren gesamten Sommer an Metrostationen und in unterirdischen Shoppingmalls verbringen.

»Nein«, sagt der Biologe.

»Was *nein*?«

»Ich glaube nicht, dass es solche Leute gibt.«

Der Biologe ist der erste Mann seit Andreas, der Hand in Hand mit mir im öffentlichen Raum steht. Wenn wir auf der Straße gehen, greift er, ohne nachzudenken, nach meiner Hand. Andreas hat das nie gemacht. Er wurde immer nervös, wenn ich seine Hand nahm, hatte Angst, uns würden Kollegen begegnen (obwohl sicherlich alle wussten, dass ich bei ihm wohnte).

Es zeigte sich, dass der Biologe auf Insekten spezialisiert ist. Auf das Sozialleben von Wespen, um genau zu sein. In seinem Büro bewahrt er eine Sammlung Wespenarchitektur. Stolz zeigte er sie mir an diesem Morgen. Eines der Nester war eine Kugel mit eckigen Zellen wie eine Honigwabe. Ein anderes hatte die Form eines Zweiges. Auch gab es ein Bauwerk mit mehreren Stockwerken, das aus gehärtetem Schlamm zu bestehen schien.

Während wir eine zweite Rolltreppe hinabgleiten, mustere ich das liebe Gesicht des Biologen, es ist völlig entspannt. Vielleicht ist sein Umgang mit Insekten die Ursache dafür, dass er in seinem Kopf Platz für andere hat. Andreas und Daniel hatten nur Platz für sich selbst.

Länger als fünf Minuten ist es draußen kaum auszuhalten. Überirdisch gehen alle möglichst nah an den Gebäuden vorbei, auf den schmalen Schattenstreifen, die auf den Gehweg fallen. Wir überqueren eine Straße. Der kürzeste Weg von der Metrostation zum Apartment des Biologen führt an einem Friedhof vorbei, kleine Monumente, die gegen einen üppig bewachsenen Hügel gebaut wurden.

»Auf Friedhöfen herrscht eine gigantische Biodiversität«, sagt der Biologe. »Gräber werden oft entfernt, um Platz für Landbau oder Wohnungen zu schaffen, aber Friedhöfe haben nicht nur eine emotionale Bedeutung, sondern sind auch ökologisch wichtig.«

»Hat diese Pflanzenvielfalt was mit den Zersetzungsprozessen von Körpern zu tun?«, frage ich. Wir gehen an einem Baum vorbei, der quer durch ein Grab zu wachsen scheint.

Dem Biologen stehen Schweißperlen im Gesicht.

»Die Biodiversität auf Friedhöfen entsteht eigentlich nur, weil man die Natur in Ruhe lässt«, antwortet er. »Pflanzenvielfalt bietet Insekten eine stabile Umgebung.«

Der Biologe hebt ein aufgerolltes Blatt auf. »Sieh mal, hier hat eine Raupe aus einem Blatt eine provisorische Wohnung gemacht.«

»Kasper hat viele Fliegen in seinem Apartment«, sage ich. »Das Seltsame ist, dass er sie nicht zu bemerken scheint. Die Kakerlake unter dem Sofa sieht er schon, aber wenn ich von den Fliegen anfange, behauptet er, nirgendwo welche zu sehen.«

»Die Insektenpopulation in Taiwan ist viel exzessiver als in Europa, wahrscheinlich hat er sich einfach daran gewöhnt«, sagt der Biologe.

»Mich machen die Fliegen unruhig, weil sie mich an Schlaflosigkeit erinnern«, sage ich.

»Du glaubst doch nicht wirklich an diese Fleischfliegen-Theorie?«

»Ich weiß natürlich, dass es Unsinn ist.« Einen Moment schweige ich und fahre dann fort: »In Norwegen beschäftige ich mich mehr mit meinem Schlaf als hier. Hier gibt es keine Schlummerkliniken, das macht einen Unterschied.«

»Schlummerkliniken?«

»In Norwegen wird an einem System gearbeitet, bei dem speziell ausgebildete Schlafwächter müde Leute von der Straße holen. Die werden anschließend in eine Schlummerklinik gebracht, um wieder schlafen zu lernen.«

»Das klingt schon ein wenig unheimlich«, sagt der Biologe. »Hier kann man einfach ins Krankenhaus gehen.«

»Ich weiß nicht so recht, was ich davon halten soll«, sage ich. »Ich kenne nur einen einzigen Schlafwächter persönlich, und der ist sehr nett.« Wir gehen um die Ecke und sind jetzt in der Straße des Biologen. »Eine Freundin von mir, Ratna, findet das alles extrem gruselig, aber den meisten Norwegern ist es eher egal. Ich finde den Gedanken unangenehm, aber manchmal reagiert Ratna dermaßen misstrauisch, dass ich mich frage, ob sie nicht ein wenig paranoid wird. Von den Schlaftropfen. Könnte das sein?«

»Tja. Ich habe gehört, dass die ängstlich machen können«, sagt der Biologe. »Vielleicht richtet sie ihre Angst auf diese Kliniken.«

Beide sind wir kurz still.

»Norwegen wirkt jetzt unglaublich weit weg«, sage ich dann. »Als gäbe es das Land und mein Leben dort nur in meiner Fantasie.«

Der Biologe drückt meine Hand etwas fester.

Der Forschungsantrag für die Doktorarbeit muss nur ein paar Seiten lang sein, doch es gelingt mir immer noch nicht, über einen einzigen Absatz hinauszukommen. Nach jeder Schreibphase lösche ich alles, was ich an diesem Tag geschrieben habe. Ich sammle Notizen, das schon, aber die haben meist nur am Rande mit meiner Studie zu tun.

Pflanzenschlaf

Viele Pflanzen nehmen eine Ruhehaltung ein, die wir mit Schlaf vergleichen können. Genau wie der Mensch schläft auch eine Pflanze schlechter, je älter sie wird.

Ich mache das Fenster auf, und der Gesang eines Grillenchors strömt ins Zimmer. Heute ist meine letzte Nacht in Taipeh. Die vergangene Woche war ich, wenn er nicht gerade zur Universität musste, nahezu ununterbrochen mit dem Biologen zusammen.

Kasper tut, als sei er eifersüchtig, aber an seiner Stimme höre ich, dass er sich für mich freut. Er glaubt, ich nenne den Biologen nicht bei seinem Namen, um ihn auf Distanz zu halten. Vielleicht hat er recht. Kasper hofft, dass ich meinen Rückflug annulliere, um mehr Zeit mit dem Biologen zu verbringen. Aber ich denke seit ein paar Tagen ständig an ein Foto, das im Internet kursiert: eine ältere Frau, in einem Krankenhausbett liegend, die mit entschlossenem Gesicht einen Zettel mit NEVER FOLLOW A MAN! hochhält.

»Ich bin Andreas schon nach Norwegen gefolgt, einen ähnlichen Fehler möchte ich nicht noch einmal machen«, sage ich zu Kasper. An der Metro nehmen wir Abschied, und ich umarme ihn. »Na ja, also bis in ein paar Monaten.«

Ich habe kaum Gepäck, ein großer Teil meiner Sachen liegt schon bei dem Biologen. Mit meinem Rucksack fahre ich die Rolltreppe hinunter.

Wir haben uns in der Bar verabredet, in der wir bei unserem ersten Treffen waren. Ich bin früher als der Biologe und sitze mit einem Gin Tonic an einem hohen Tisch neben dem Fenster. Als er sich kurze Zeit später mir gegenübersetzt, spüre ich ein schweres Gefühl im Magen.

»Kasper meinte zum Spaß, ich solle nach Taiwan ziehen«, sage ich, während ich auf mein Glas schaue.

»Glaubst du, du könntest in Taipeh wohnen?«, fragt der Biologe. Er sieht mich unverwandt an.

»Es könnte schwierig sein, Arbeit zu finden«, sage ich. »Und ich muss zurück zum Institut und wieder in der Bibliothek anfangen. Meine vier Wochen Urlaub sind vorbei.«

Der Biologe nickt. »Ja, weiß ich.«

Später gehen wir schweigend von der Metrostation zum Apartment. Eine dünne Schattenschlange windet sich durch die Straße, in der der Biologe wohnt. Vielleicht liegt es an dem grellen Licht, aber als wir im Aufzug stehen, fallen mir die Ringe unter seinen Augen wieder auf.

Im Wohnzimmer drücke ich auf den Lichtschalter für *Lesen*, und die Spots über dem Sofa springen an. In den letzten Tagen habe ich mich an das Apartment des Biologen gewöhnt, und es ist eine seltsame Vorstellung, zum letzten Mal hier zu sein. Da sind noch genügend Dinge, die ich in diesem Raum tun wollte. Der Biologe gibt viel Geld für Schlafartikel aus, neben seinem Bett lagert ein geheimnisvoller Schlafroboter. Ich habe schon mehrmals danach gefragt, und weil es meine letzte Nacht ist, darf ich das seltsame Teil ausprobieren. Ich setze mich aufs Bett und lege meine Hand auf den Roboter. Die Oberfläche fühlt sich an wie Haut, aber auch wie Fell, ein weicher Roboter, der gleichmäßige Atemgeräusche produziert. Ich drücke mir das Ding gegen den Bauch und spüre, wie es sich bewegt. Der Roboter schiebt langsam das schwere Gefühl aus meinem Magen. Um die Illusion eines lebendigen Organismus zu kreieren, ist der kissenartige Roboter ziemlich schwer, wie ein Baby.

»Eigentlich eine Art Katze«, sage ich zu dem Biologen. »Eine Katze für Menschen, die zu selten zu Hause sind, um sich wirklich um sie zu kümmern.«

Mit dem Schlafroboter, gegen meinen Bauch gepresst, und den Körperkonturen des Biologen an meinem Rücken schlafe ich nicht lange, aber tiefer als zuvor. Um 04:00 Uhr klingelt der Wecker, und der Biologe wird mich zum Flughafen bringen.

Das Flugzeug schießt durch die Wolken, die meisten Passagiere tragen Schlafmasken. In Norwegen liegen jetzt alle im Bett, in Taipeh ist es fast Mittag, die Flugzeugkabine bewegt sich irgendwo dazwischen. Mein Magen knurrt. Ich denke an den Biologen, der mich noch vor Sonnenaufgang zum Flughafen gefahren hat. Die Lichter auf der Straße. Der Flughafen liegt ein wenig außerhalb von Taipeh, am Straßenrand die Nachtschatten tropischer Bäume. In einem Podcast argumentierte ein britischer Politiker, dass Großstädte nachts heller sein müssten. »So hell, dass der Unterschied zwischen Tag und Nacht aufgehoben wird?«, wollte sein Gegner wissen. »Es gibt so viele Schlaflose«, antwortete der erste Politiker, »eine helle Nacht fördert die Produktivität.« Er fuhr fort: »In Norwegen werden Schlummerkliniken gebaut, um die Bevölkerung nachts mehr schlafen zu lassen. Aber mal angenommen, man wirkt hier unserer natürlichen Entwicklung entgegen? Ich glaube, wir transformieren uns in eine Spezies, die weniger Schlaf braucht, und das sollten wir gerade begrüßen.«

Beim Abschied schenkte mir der Biologe das Buch *The Man with the Compound Eyes* des taiwanesischen Autors Wu Ming-Yi. Ich schlage es auf einer willkürlichen Seite auf. Der Schlafmangel macht das Lesen mühselig. Mein Finger gleitet über das Papier, und ich lese Wort für Wort:

And
there
were
still
other
moths
with
eyespots
on
their
wings,
like
innumerable
eyes
staring
at
him.

Die Schlafmasken der Passagiere verwandeln sich in gewölbte Insektenaugen. Mein Magen knurrt noch immer. Ein Steward rollt einen Wagen mit Sandwiches durch den Gang. Als ich ihn flüsternd um eins bitte, schüttelt er den Kopf und rollt weiter zur Business Class.

Rückweg, Taipeh – Stavanger (Umsteigen in Schiphol, es gibt keine Direktflüge zwischen Norwegen und Taiwan).

Wann sind Sie ins Bett gegangen: nicht
Wann sind Sie eingeschlafen: nicht
Wie oft/wie lange waren Sie wach: –
Woran dachten Sie: –
Was haben Sie gemacht: –
Wann sind Sie aufgestanden: nicht
Schlafdauer insgesamt: 0 Stunden und 0 Minuten

Als wir in den Niederlanden landen, ist später Nachmittag. Mein Flug nach Norwegen geht erst in ein paar Stunden, und in einem Café auf dem Flughafen treffe ich meine Mutter. Ich gehe am Zoll vorbei in die Ankunftshalle. Blaues Sonnenlicht durch die Glasdecke, unaufhörliches Stimmengewirr und ab und zu die Uniform eines Flugbegleiters in der Menge. Es ist ein seltsames Gefühl, Gesprächsfetzen mühelos verstehen zu können.

»Ich sagte also zu ihm, er müsse ein wenig flexibler sein«, spricht ein Mann im Anzug in sein Handy.

Eine ältere Frau sagt: »Wie heißen diese Brötchen noch mal? Kommen aus Zeeland und sind süß. Klebebrötchen.« Die Frau neben ihr lacht.

Gut angekommen? Eine Nachricht von Kasper.

Ja. Jetzt in Schiphol. Eine Frau sprach gerade über »Klebebrötchen«. Niederländisch ist viel netter als Norwegisch.

Ich bin dreißig Minuten früher als geplant, trotzdem sitzt meine Mutter schon auf einer der ledernen Wandbänke im Café und wartet auf mich. Sie sieht älter aus als in meiner Erinnerung. Das letzte Mal sah ich sie vor etwa sechs Monaten. Ich umarme sie und ziehe eine Flasche Kavalan-Whisky aus meinem Handgepäck.

»Kasper meinte, den solle ich für dich kaufen.«

»Ich trinke überhaupt nichts Hochprozentiges. Das weiß Kasper doch«, sagt meine Mutter leicht irritiert.

»Ich glaube, er hofft, du würdest die Flasche zusammen mit jemandem trinken. Er war auch ziemlich interessiert daran, für mich einen Partner in Taipeh zu finden.«

Meine Mutter stopft die Flasche in ihre Tasche.

»Und, wie war's?«

»Ja, schön.«

»Und wie geht's Kasper? Es klingt, als würde er die ganze Zeit in diesem leeren Apartment hocken.«

»Es geht ganz gut, glaube ich.«

Wir nehmen einen Schluck von unserem Cappuccino. Wenn ich meine Mutter eine Weile nicht gesehen habe, spricht sie höher als sonst, als müsste sich ihre Stimme an unser Gespräch gewöhnen. Ich ärgere mich immer darüber, obwohl Kasper sagt, meine Stimme würde dasselbe machen.

»Mam. Ich habe mich plötzlich gefragt, ob du nie daran gedacht hast, einen neuen Partner zu finden, nachdem Papa nicht mehr da war.«

»Habt ihr das in Taipeh besprochen, Kasper und du?«

»Nein, ich habe im Flugzeug daran gedacht. Und mir wurde klar, dass ich dich nie danach nachgefragt habe. Mich interessiert einfach, wie du das Leben ohne Partner empfindest.«

»Natürlich hätte ich mir einen neuen Partner gewünscht. Nach deinem Vater hatte ich schon ein paar Verabredungen, aber das ist jedes Mal im Sand verlaufen. Ich finde es jetzt okay alleine. Ich habe keine Lust mehr, mich jemandem anzupassen.« Meine Mutter rührt mit dem Löffel in ihrem Kaffee, bis ein kleiner Strudel entsteht. »Aber erzähl doch mal mehr über Taipeh. Was habt ihr alles unternommen? Gefällt es Kasper bei der Arbeit? Und wie läuft es eigentlich in Norwegen?«

»Ja«, sage ich.

Dann kommt ein seltsames Geräusch aus meinem Mund, und ich spüre plötzlich Tränen über meine Wangen strömen.

»Lies?« Meine Mutter legt mir einen Arm um die Schulter und bewegt mich sacht hin und her. »Was ist denn?«

So sitzen wir ein paar Minuten still da. Dann sagt sie: »Du bist natürlich furchtbar müde.«

»Es war wirklich sehr schön in Taipeh«, antworte ich, sobald ich meine Stimme wieder unter Kontrolle habe.

Meine Mutter hält mich noch immer im Arm.

»Weißt du, Lies, ich meinte es ernst, was ich da gerade über die Suche nach einem neuen Partner gesagt habe. Ich habe dazu keine Lust. Ein Freundeskreis, Menschen, bei denen man sich wohlfühlt, das ist das Wichtigste.«

»Gehst du eigentlich noch zu Papas Grab?«, frage ich.

»Wenn ich in der Nähe bin, gehe ich schon mal vorbei. Im Frühling nehme ich Pflanzensetzlinge mit, die ich an den Grabrändern einpflanze, dann sieht es ein wenig netter aus.«

»Geht das einfach so?«

»Keine Ahnung, ich habe das früher schon so gemacht. Niemand hat je ein Wort darüber verloren.« Nach einem kurzen Schweigen sagt sie: »Wie kommt es, dass du plötzlich an das Grab denkst?«

»Jemand in Taipeh sprach über die Vegetation auf Friedhöfen. Offensichtlich gibt es an solchen Orten enorm viele verschiedene Wildpflanzen und Pilze«, sage ich. Ich nehme den Arm meiner Mutter von meiner Schulter und stehe auf, um zur Toilette zu gehen.

Meine Mutter schaut auf ihr Handy, als ich zurückkomme.

»Das hier wollte ich dir noch zeigen«, sagt sie. »Ich habe letztens diesen Artikel über eine Art geschlossene

Schlafkliniken in Norwegen gelesen. Weißt du mehr darüber? Du erwähnst das nie. In den Niederlanden würde das nie funktionieren: Leute gegen ihren Willen von der Straße mitnehmen.«

»Das ist alles halb so wild«, sage ich.

»Dieser Journalist denkt da aber anders drüber. Lies nur.«

Ich nehme das Handy meiner Mutter und sehe mir den Artikel an, er scheint vor allem auf Sensation abzuheben.

»Mach dir hierüber keine Sorgen, Mam. Soweit ich weiß, geht es um so etwas wie Pflegeeinrichtungen, bloß ist die Architektur angepasst an Leute, die nicht schlafen können. Norwegen ist kein totalitärer Staat, so schlimm wird es nicht kommen.«

Als ich eine Stunde später einchecke und meine Mutter mir nachwinkt, hat sie einen besorgten Gesichtsausdruck.

Im Flugzeug sehe ich mir auf dem Handy ein Foto an, das ich irgendwann mal von einem Friedhof am Meer gemacht habe, mit Flechten auf den Grabsteinen. Ich fragte mich damals, ob der Salzboden den Verwesungsprozess der Körper beeinflussen würde. Einen Moment erwäge ich, dem Biologen das Foto zu schicken, aber ich beschließe, es nicht zu tun.

In der Mittagspause an meinem ersten Arbeitstag nach Taiwan sitze ich in der Cafeteria des Instituts, auf meinem Teller liegt eine Scheibe Brot mit dünn geschnittenem Lachs. Ratna und Njål, unser Wirtschaftsprüfer, stehen in der Schlange, um zu bestellen. Kurz vor der Pause habe ich ihnen erzählt, dass sich Stavanger nach zwei Jahren noch immer sehr verschlossen anfühlt.

»Norweger sind einfach spröde. Die Leute, die ich kenne und die sich integrieren, sind allesamt sehr spontane Persönlichkeiten, *bubbly*, sie knüpfen selbst den ersten Kontakt. Also ein Gegensatz der Norweger«, sagt Njål, als er sich mir gegenübersetzt.

»Bubbly?«, frage ich.

»Das kann echt nur ein Mann sagen«, sagt Ratna. »Ich wette, du würdest so was nie sagen, wenn Eliza auch ein Mann wäre. Frauen müssen ständig die fröhliche Gastgeberin spielen.« Ratna sticht ihre Gabel in eine Tomate. Dann richtet sie sich an mich. »Leute außerhalb Norwegens sind willkommen, sofern sie uns bitte mit ihren sprudelnden Persönlichkeiten zu amüsieren vermögen.«

»Ich will ja nur helfen«, sagt Njål und wird rot.

»Habt ihr übrigens schon die Neuigkeiten über Olga aus der Service-Abteilung gehört?«, frage ich. »Sie hat gekündigt und fängt jetzt eine Ausbildung zur Schlafwächterin an.«

»Hab ich doch gesagt«, sagt Ratna grinsend. »Wir landen alle nach und nach in diesen Kliniken, wenn nicht als Patienten, dann eben als Schlafwächter.«

Zu Hause sehe ich, dass der Biologe mir eine Nachricht geschickt hat, über Pflanzen, die er für seinen Balkon gekauft hat. Auf dem Foto posiert er mit erhobenen Daumen zwischen zwei Feigenbäumen, die ihm bis zu den Schultern reichen. *Die hab ich auf einem riesigen überdachten Blumenmarkt gefunden, hätte dir dort, glaube ich, auch gefallen.*

In dieser Nacht träume ich von dem überdachten Blumenmarkt in Taipeh. Der Markt hat eine eigene Abteilung für Blumen, die hauptsächlich nachts aktiv sind. Geißblatt, Nachtkerzen, Prunkwinden, Tabakspflanzen, Nachtviolen und Nachtjasmin. In meinem Traum ist es Abend, die Nachtblüher verbreiten einen schweren Duft. Hand in Hand gehe ich mit dem Biologen zwischen den Pflanzen umher. Der Biologe ist beeindruckt von dem diversen Angebot an Nachtblühern. In einer anderen Ecke vom Markt schneidet mein Vater mit einer Gartenschere die Zweige von einem Geißblatt.

»Du weißt doch nichts über Pflanzen, Pap, du bist ein Wasserkind«, sage ich zu ihm.

»Es ist nie zu spät, etwas Neues zu lernen, Lies«, sagt er.

Seine Augen glänzen, wie sie es taten, bevor die Traurigkeit anfing. Anschließend verwandelt sich die Szene. Zu dritt stehen wir auf der Laufplanke eines Schiffes, der Biologe, mein Vater und ich. Oder eigentlich bin ich selbst nicht so ganz anwesend, wie ein Schatten sehe ich zu, wie mein Vater den Biologen durch das Schiff führt.

»Das ist die Umgebung, in der ich aufgewachsen bin«, sagt mein Vater. »Hier haben auch Eliza und Kasper einen Teil ihrer Kindheit verbracht. Inzwischen gibt es das Schiff nicht mehr. Manchmal vergleiche ich das Schifferleben mit einem Land, das aufgehört hat zu existieren, einem Land mit einer eigenen Sprache und Gewohnheiten, die verschwunden sind.«

Mein Vater ist deutlicher gezeichnet als der Biologe. Sowieso frage ich mich allmählich, ob die zweite Gestalt wirklich der Biologe ist, sie hat auch was von Stian. Auf halber Strecke des Rundgangs verschwimmen beide Gestalten, und ich bleibe allein zurück.

Wann sind Sie ins Bett gegangen: 23:00
Wann sind Sie eingeschlafen: 00:45
Wie oft/wie lange waren Sie wach: zwei Mal kurz
Woran dachten Sie: verschiedene Pflanzen
Was haben Sie gemacht: -
Wann sind Sie aufgestanden: 07:30
Schlafdauer insgesamt: 6 Stunden und 30 Minuten

Morgens bekomme ich die Nachtblüher nicht aus dem Kopf. Die Blumen würden in den Garten vom Institut passen, überlege ich mir beim Frühstück. Ein Garten ist es übrigens nicht wirklich, eher ein Stück brach liegendes Land an der Südseite des Gebäudes. Aber dennoch, einen Garten anzulegen, würde mir helfen, mich hier zu Hause zu fühlen. Ein Nachteil ist, dass ich Andreas um Erlaubnis bitten muss. Ich schütte Müsli in eine Joghurtschale und kaue auf den Haferflocken. Online sehe ich mir ein Video übers Gärtnern an. Ich habe nie zuvor etwas gepflanzt. In dem Video macht ein Mann erst eine Zeichnung im Maßstab seines Traumgartens. Anschließend dauert es zwei Minuten und fünfzig Sekunden, bis er einen Gemüsegarten angelegt hat. So etwas kann ich durchaus selbst. Die maßgerechte Zeichnung überspringe ich. Ich öffne ein Dokument auf meinem Computer und schreibe:

Geißblatt
Nachtkerze
Prunkwinde
Tabakpflanze
Nachtviole
Nachtjasmin

Ich übersetze die Namen der Pflanzen ins Norwegische und schicke sie anschließend über meine Arbeitsmail an Andreas. *Nachtpflanzen für den Institutsgarten*, schreibe ich. *Ein Garten für Schlaflose. Wie ein Chor, der nachts für ein Publikum, das nicht schlafen kann, Duft anstatt Klänge verbreitet.*

Nette Idee, bekomme ich später am Tag zurück, als ich in der Bibliothek sitze. *Bin jetzt im Urlaub, komm nächste Woche einfach kurz in mein Büro.*

Andreas fährt nie in Urlaub. Vielleicht hat er eine neue Freundin.

»Hast du in letzter Zeit zufällig gehört, ob Andreas eine neue Freundin hat?«, frage ich Ratna, die neben mir sitzt. Sie reagiert nicht. Ich schaue auf ihren Bildschirm und sehe einen Artikel über einen Vogel, der einmal im Jahr von Alaska nach Mexiko migriert und dabei sieben Tage hintereinander wach bleibt.

»Hast du was gesagt?«, fragt Ratna. Fasziniert schaut sie auf ein Foto des Vogels. »Hör dir das mal an. Das amerikanische Verteidigungsministerium studiert diesen Vogel in der Hoffnung, irgendwann einen schlaflosen Supersoldaten zu kreieren.«

»Ich hab nur gesagt, dass, wenn alle außer mir wissen, dass Andreas eine neue Freundin hat, jetzt ein guter Moment ist, mir das zu erzählen.«

Nachtblüher auf Norwegisch

Geißblatt	Kaprifol
Nachtkerze	Ich kann die norwegische Übersetzung nicht finden (auf Englisch *evening primrose*)
Prunkwinde	Måneblomst
Tabakpflanze	Tobakksplante
Nachtviole	Dagfiol
Nachtjasmin	Nattblomst

Ich bin mir nicht sicher, ob die Übersetzungen für Prunkwinde und Nachtjasmin richtig sind, online finde ich verschiedene Ergebnisse. *Blomst* klingt sowieso seltsam, als wäre das Wort noch nicht fertig (Ratna fragen, ob die Übersetzung stimmt).

Das norwegische Wort für Nachtviole, *dagfiol*, finde ich widersprüchlich für eine Nachtpflanze. Auf Englisch hat die Pflanze verschiedene Namen, die besser passen, sie wird zum Beispiel *night-scented gilliflower* oder *mother-of-the-evening* genannt.

Mir fällt das Wort *Nachtkerzen-Familie* auf.

An der Wand in der Halle des Instituts hängen Fotos von schlafenden Meerestieren. Die schlafenden Meerestiere sehen genauso aus wie Meerestiere, die wach sind. Delfine zum Beispiel schlafen mit nur einer Gehirnhälfte, damit die andere gleichzeitig das Schwimmen und Atmen regulieren kann.

Der Fotograf ist ein Freund von Andreas, das Institut hat die Fotos für viel Geld gekauft. Während eines Vortrags vor ein paar Monaten sagte der Fotograf, er wisse nicht hundertprozentig sicher, ob die Tiere auf den Fotos wirklich schlafen. »Ich bin mir zu etwa neunzig Prozent sicher«, hatte er gesagt, als jemand aus dem Publikum fragte, woran man ein schlafendes Meerestier erkennt. Es hat ihn nicht davon abgehalten, die Serie *Sleeping Sea Animals* zu nennen.

Im Nachhinein erinnert mich der Fotograf an Andreas. Das Selbstvertrauen, mit dem er diese zehn Prozent Zweifel ignorierte. Selbst hätte ich die Serie wahrscheinlich *Sea Animals that Might Be Asleep* genannt. Oder ich hätte überhaupt nie ein Foto eines Meerestieres gemacht, weil ich beim Fotografieren schon viel zu sehr zweifeln würde.

Als ich Ratna nach Andreas' neuer Freundin fragte, sagte sie, ich würde mein Leben mit diesem Männerkram verschwenden.

Sie sagte, wenn ich ein Film wäre, würde ich den

Bechdel-Test wohl kaum bestehen. (Ein Film besteht diesen Test, wenn es mindestens zwei Rollen für Frauen gibt, die miteinander über ein anderes Thema sprechen als Männer.) In erster Linie fühlte ich mich beleidigt, aber jetzt denke ich, dass sie recht hat. Sogar die Vorbereitungen für meinen Forschungsantrag handeln von Beziehungen. Manchmal frage ich mich, ob dieser Forschungsantrag nicht eine Farce ist. Ein Versuch, Menschen kennenzulernen und etwas oder jemanden zu finden, mit dem ich mich hier zu Hause fühle.

Mein Hausarzt spricht in Naturmetaphern. Heute habe ich einen Termin, um mein Schlaftagebuch mit ihm zu besprechen, um festzustellen, ob es Muster in meinem Leben gibt, die ich ändern könnte.

»Du grübelst vor allem nachts darüber, dass du einen Ort vermisst, der sich wie ein Zuhause anfühlt«, sagt er, während er sich meine Notizen ansieht.

»Ja«, sage ich.

»Woran liegt das?«

»In meiner Jugend habe ich viel Zeit auf einem Frachtschiff verbracht. Wenn mich jemand fragt, wo ich herkomme, finde ich es schwierig, darauf eine Antwort zu geben.«

Ich spüre, wie mein Gesicht allmählich rot wird, was öfter passiert, wenn ich von dem Schiff erzähle. Als wäre es etwas, wofür ich mich schämen müsste.

»Sowieso stellen Leute viele ortsbezogene Fragen«, fahre ich fort. »Sie wollen wissen, wie ich in Norwegen gelandet bin. Ich finde es blöd zu antworten, wegen eines Partners hergezogen zu sein. Ich habe Angst, dass es Misserfolg ausstrahlt, oder noch schlimmer, Folgsamkeit.«

»Ich verstehe. Und wie läuft es bei deiner Arbeit?« Der Hausarzt starrt auf seinen Computer. »Ich sehe, dass du eine Stelle beim Institut für Schlaflosigkeit hast.«

»Das läuft ganz okay.«

Der Hausarzt scrollt noch einmal durch mein Schlaftagebuch. »Bitte versteh das nicht falsch, aber in manchen Bereichen scheinst du die Dinge nicht so recht anzugehen.« Der Hausarzt ist einen Moment still. Ich möchte etwas entgegnen, aber dann schaut er auf. »Um eine andere Perspektive zu bekommen, kann es helfen, sich vorzustellen, ein Vogel zu sein. Einer, der alles aus der Distanz überblickt und auf diese Weise Entscheidungen trifft.«

»Das ist genau das Problem. Ich will kein Vogel sein. Jedenfalls kein fliegender Vogel. Ich will etwas sein, das ortsgebundener ist, ein Huhn oder so.«

Der Hausarzt sieht mich über den Brillenrand an. »Die hocken zu Hunderten zusammengepfercht in einem kleinen Raum.«

»Ich dachte eher an ein Huhn in einem Garten, mit einem Holzverschlag.«

»Es gibt aber nur sehr wenige Hühner mit einem so komfortablen Leben«, sagt der Hausarzt. »Und diese Art von Gärten haben oft Probleme mit Ratten. Ratten jagen Hühner.«

»Vielleicht möchte ich einfach gern einen Garten«, sage ich.

Später am Tag denke ich an den Künstler Derek Jarman und den Garten, den er anlegte, nachdem bei ihm HIV diagnostiziert worden war. Jarman hatte jahrelang ein Nomadenleben geführt und beschrieb den Garten als einen Anker. Er plante den Garten auf einem mit Kieselsteinen überladenen Grundstück an der englischen Küste. Nach ein paar Monaten bestand er aus Steinen, Treibholz, Trümmerteilen, und es wuchsen dort auch verschiedene Pflanzen. Etwas, was auf dem salzigen Boden unmöglich schien, war ihm dennoch gelungen. Jarman schreibt in den Tagebuchnotizen seines Buches *Modern Nature* oft über den Meerkohl, den er pflanzte. Meerkohl ist eine salzliebende Pflanze, die an der Küstenlinie wächst. Die Samen können einen Monat lang auf dem Meer treiben, um anschließend angeschwemmt zu werden und Keime zu treiben. Die Pflanzenstängel sind essbar: Man kann sie roh essen, aber auch dünsten oder kurz braten. *Je näher an der Küstenlinie, desto salziger der Geschmack*, lese ich online. Die Pflanze könnte eine Lösung für die salzhaltigen Felder der niederländischen Bauern sein, lese ich auch. Meerkohl gehört zu den seltenen Gemüsesorten, die auf Äckern mit salzigem Grundwasser angebaut werden können.

Wann sind Sie ins Bett gegangen: 23:50
Wann sind Sie eingeschlafen:01:00
Wie oft / wie lange waren Sie wach: gegen 04:00 eine Stunde
Woran dachten Sie:
Daran, dass ich mich eher wie ein auf dem Meer treibender Samen fühle als wie ein Vogel
Daran, dass der Hausarzt sagte, ich ginge Dinge nicht an
Daran, dass wir gar nicht besprochen haben, ob ich das Schlaftagebuch weiterführen soll. Ich mache das jetzt einfach mal, ich merke, dass ich Energie daraus ziehe
Was haben Sie gemacht: nichts
Wann sind Sie aufgestanden: 06:30
Schlafdauer insgesamt: 4 Stunden und 30 Minuten

Vom Fenster aus schaue ich auf das Grundstück neben dem Institut. Dort wächst eine Art grauer Klatschmohn, der mir bisher nicht aufgefallen ist, aber ansonsten macht es einen vernachlässigten Eindruck, ein ausgezeichneter Platz für das Blumenbeet. Zum ersten Mal seit Langem tue ich etwas, das mir nicht von Andreas eingeflüstert wurde. Abgesehen von meinem Forschungsantrag. Auf jeden Fall ist der Garten das Erste, was mich begeistert und zugleich erreichbar scheint. Der Garten gibt mir einen Grund, hier zu wohnen, und nicht anderswo. Wenn mich wieder mal jemand fragt, was ich hier mache, kann ich antworten, ich wohne in Norwegen, weil ich meine Pflanzen versorgen muss.

Ratna kommt und stellt sich mit einer Tasse Kaffee neben mich, zusammen schauen wir nach draußen.

»Du musst Erde kaufen. Die Bodenqualität bestimmt, ob aus deinem Garten was wird«, sagt sie.

Hinter uns hüstelt jemand.

»Entschuldigung, arbeiten Sie hier?« Eine ältere Frau schaut uns fragend an.

»Wir sind von der Bibliothek«, sagt Ratna.

»Ich suche jemanden, der mir helfen kann.«

»Wobei genau brauchen Sie Hilfe?«, frage ich.

»Vielleicht klingt es seltsam. Aber vor ein paar Jahren ist mein Sohn gestorben, er kam bei einem Verkehrsunfall ums Leben. Während seines Studiums hatte er

Schlafprobleme und an einem Schlafexperiment der Universität teilgenommen.« Die Frau lässt wenig Luft zwischen ihren Wörtern, am Ende jedes Satzes schnappt sie leicht nach Atem. »Diese Experimente wurden wohl gefilmt. Natürlich verstehe ich, dass die Bilder vertraulich sind, bloß habe ich kaum Fotos oder Videobilder von meinem Sohn als Erwachsener. Er mochte Fotos nicht. Als er bei diesem Schlafexperiment mitgemacht hat, habe ich ihn noch danach gefragt. Er antwortete, dieses Mal fände er es nicht so schlimm, abgesehen von den Forschern würde doch niemand die Bilder sehen.«

Die Frau ist eine Weile still und scheint endlich einen vollen Atemzug nehmen zu können.

»Ich merke, dass es mir schwerfällt, ihn mir vorzustellen. Ich meine, da taucht schon ein Bild auf, aber ich fange an, mich zu fragen, inwieweit das Bild noch stimmt. Vielleicht ist es seltsam, ihn schlafend zu sehen, gerade jetzt, da er nicht mehr da ist. Trotzdem würde ich mir die Bilder gern ansehen.«

»Ja«, sage ich.

»Am besten wenden Sie sich an das Archiv für Testergebnisse, die arbeiten eng mit der Universität zusammen«, sagt Ratna. »Kommen Sie, ich zeige Ihnen den Weg.«

Im Bus zum Gartencenter denke ich an die Frau und ihren Sohn. Ich vergleiche ihre Geschichte mit den blauen Filmbildern meines schlafenden Vaters. Je mehr ich darüber nachdenke, desto stärker empfinde ich diese Filmbilder als morbide. Das blaue vertraute Gesicht meines Vaters, das gleichmäßig atmet, aber nicht mehr lebt.

Einen Moment später stehe ich im Gartencenter vor Dutzenden Sorten Blumenerde. Ich verstehe den Unterschied zwischen den vielen Sorten nicht, will einfach irgendeinen Sack mitnehmen, aber gleichzeitig höre ich Ratnas Stimme im Kopf, die über die Bedeutung der richtigen Bodensorte spricht. Ich schaue mich um. Eine freundliche Mitarbeiterin empfiehlt mir nach einer Beschreibung des Gartens eine bestimmte Erde. Mit zwei Zehn-Liter-Säcken sitze ich einen Moment später im Bus zurück nach Hause.

Mit einem Spaten befreie ich den Boden von Grassoden und Steinen. Der seltsame graue Klatschmohn strahlt etwas Melancholisches aus, es fühlt sich gut an, ihn aus dem Boden zu ziehen.

Als die Erde umgegraben ist, schicke ich Ratna eine Nachricht. *Der Boden ist fertig. Was jetzt?*

Jetzt kaufst du Pflanzen, schreibt sie innerhalb weniger Minuten zurück. *Wenn du willst, kann ich dir Montag in der Pause kurz helfen.*

Nicht nötig, vielleicht will ich schon eher anfangen, antworte ich.

Die Gartenarbeit hat meine Gedanken auf eine gute Art und Weise müde gemacht.

Abends gehe ich früh ins Bett.

Wann sind Sie ins Bett gegangen: 22:30
Wann sind Sie eingeschlafen: 22:45
Wie oft/wie lange waren Sie wach: ab 03:00 lange wach
Woran dachten Sie: an alles, was im Garten schiefgehen kann
Was haben Sie gemacht: nichts
Wann sind Sie aufgestanden: 06:15
Schlafdauer insgesamt: etwa 5 Stunden und 30 Minuten

Sonntag nehme ich den Bus, sobald das Gartencenter aufmacht. Mit einer Liste von Nachtblühern in der Hand suche ich nach den richtigen Namensschildchen. Geißblatt, Nachtkerzen, Prunkwinden, Tabakpflanzen, Nachtviolen und Nachtjasmin. Nachdem ich die Gänge mehrmals abgelaufen bin, kann ich die Liste auswendig. Ich habe nur Prunkwinden, Nachtkerzen und Jasmin gefunden.

»Geißblatt und Tabakpflanze haben wir auch!«, sagt dieselbe Verkäuferin wie beim letzten Mal, als ich ihr meine Liste zeige.

Kurze Zeit später stehe ich mit einer Pflanzensammlung auf dem Gehweg vor dem Gartencenter. Ich bestelle ein selbstfahrendes Taxi. Da sich die Fahrzeuge noch in der Entwicklungsphase befinden, bewegen sie sich um einiges langsamer als andere Autos und sind nur in einem bestimmten Teil der Stadt zugelassen. Die Pflanzen passen nur knapp ins Auto, sie lassen Erde auf dem Boden zurück. Ich bin froh, dass es keinen Fahrer gibt. Um einen anständigen Garten anzulegen, möchte ich von jeder Pflanzenart mindestens sechs haben. Ich fahre ein paarmal hin und her, und das Taxi kostet letztendlich mehr als die Pflanzen.

Lies, ich denke gerade, dass Schlamm trocknen kann. Getrockneter Schlamm ist wie ein Anker, bloß brauchen wir zum Trocknen niemanden, das machen wir selbst. Eine Nachricht von Kasper. Bei ihm ist Tag, in Norwegen ist Nacht. *PS: Hast du noch was von dem Biologen gehört?*

Seit ich mit den Nachtblühern beschäftigt bin, habe ich kaum an den Biologen gedacht. Wenn ich überhaupt an ihn denke, dann in Verbindung mit dem Garten. Ich könnte dem Biologen zum Beispiel Meerkohl-Samen schicken, für seinen Balkon. Ich stelle mir vor, wie er an der Küste bei Taipeh Meeresboden in einen Topf schaufeln würde. Danach fällt mir ein, dass der Zoll die Samen höchstwahrscheinlich beschlagnahmen würde.

Aber Schlamm ist im Kern weich und knetbar. Menschen hinterlassen Fußabdrücke darin, schreibe ich Kasper zurück.

Später schicke ich auch noch das: *Vielleicht sind wir kein Schlamm, sondern Moos. Moose brauchen keine Wurzeln, um sich an einen Untergrund zu heften.*

Dämmerung

Die Knospen der Nachtkerzen öffnen sich abends recht schnell (in wenigen Minuten) zu Blüten. Die Nachtkerzen-Familie besteht aus über hundert Pflanzenarten.

Gibt es auch Nachtkerzen, die tagsüber blühen? Das Risiko besteht, dass ich die falschen gekauft habe. Dann gibt es in meinem Garten gleich eine Pflanze, die ganz allein tagsüber aktiv ist statt nachts.

In der Nacht von Sonntag auf Montag denke ich ununterbrochen an den Garten. Morgen setze ich die Nachtblüher in die Erde. Ich mache Zeichnungen der Pflanzen in verschiedenen Konstellationen.

Um 06:00 Uhr habe ich noch immer kein Auge zugemacht. Draußen wird es allmählich hell. Ich kann genauso gut mit dem Einpflanzen anfangen. Wenn ich jetzt aus dem Bett steige, kann ich ungefähr zwei Stunden arbeiten, bevor das Institut um 09:00 Uhr öffnet.

Über dem Garten hängt ein Rest Morgennebel. Es ist still auf der Straße, und die Tür des Instituts macht beim Öffnen ein schabendes Geräusch. Ich habe die Pflanzen vorübergehend in den Lagerraum der Bibliothek gestellt, und über die Treppe bringe ich sie nach unten, beim Tragen fällt Erde auf die Stufen. Draußen mache ich Atemwölkchen, die in den Nebel übergehen. Auf den Knien grabe ich kleine Kuhlen und stelle die Pflanzen eine nach der anderen in die Erde. Die Tabakpflanzen waren zusammen in einer Tasche, und die Blätter der beiden unteren sind zerknüllt wie ein Taschentuch. Als sie in der Erde stehen, streiche ich sie zwischen den Fingern vorsichtig glatt.

Eine Stunde später kommen meine ersten Kollegen an. Njål macht ein Foto von einem Wurm, den ich mit meinem Spaten aus Versehen in zwei Teile gehackt habe. Der längere Teil ist noch lebendig.

»Meinst du, ich mache es so richtig?«, frage ich, als Ratna später neben mir steht.

»Ich glaub schon. Ich kann meine Mutter kurz anrufen, wenn du möchtest, die weiß alles übers Gärtnern.«

»Vielleicht hätte ich sie drinnen noch ein wenig weiterwachsen lassen sollen, es war ziemlich kalt, als ich heute Morgen ankam. Aber ich mag es auch, dass ich nicht weiß, wie es läuft, dass ich die Pflanzen nicht unter Kontrolle habe. Es kann noch alles Mögliche passieren.«

Ich klopfe mir die Erde von den Knien und gehe zusammen mit Ratna hinein.

»Es wäre schön, deinen Garten zu fotografieren, wenn die Pflanzen aufwachen, um den Sonnenuntergang herum«, sagt Ratna. »Aber ohne Licht wird das schwierig.«

Fotografieren im Dunkeln

Mithilfe sich bewegender Roboterblumen wird in Laboren untersucht, wie gut Nachtfalter im Dunkeln sehen können. Der Teil des Gehirns, der visuelle Informationen verarbeitet, verlangsamt nachts, wodurch die aus vielen Einzelelementen zusammengestellten Augen der Nachtfalter mehr Licht auffangen, genau wie eine längere Belichtungszeit bei einem Fotoapparat. Die Fotos werden dadurch heller, aber je länger die Belichtungszeit, desto schwieriger ist es, das Motiv scharf zu bekommen.

Ich erinnere mich, dass Daniel sagte, er würde eine Kamera mit Nachtsichtfunktion benutzen, wenn er im Dunkeln Polartiere fotografiert.

Zu Hause suche ich im Internet, wie ich die Nachtblüher am besten versorge, jetzt, da die ersten in der Erde stehen. Als ich ein wenig weiterklicke, stoße ich auf den Schlafmohn. Ich erinnere mich daran, dass mein Hausarzt diese Pflanze nannte. Dass sie, im Gegensatz zu Kamille, eine anregende Wirkung hat.

Schlafmohn ist eine einjährige Pflanze aus der Familie der Mohngewächse und mit dem Klatschmohn verwandt. Die Pflanze wächst an Orten, an denen der Boden kurz zuvor umgegraben wurde.

Der Name Schlafmohn ist irreführend. Wenn der Sommer kommt, verteilen Insekten durch die Luft Blütenstaub mit einer stimulierenden Wirkung. In kurzer Zeit vermehrte sich die graue Pflanze in ganz Europa, und fast jeder atmete den Blütenstaub ein.

Hypnos, der griechische Gott des Schlafes (und Zwillingsbruder von Thanatos, Personifizierung des Todes), wird oft mit Mohnblüten im Haar abgebildet.

Ich klicke weiter und lese verschiedene Theorien, die die Pflanze mit Schlaflosigkeit verbinden. In meiner Umgebung hat das noch nie jemand erwähnt. Ich erinnere mich an den grauen Klatschmohn neben dem Institut, und mir wird klar, dass ich die Pflanze öfter habe wachsen sehen, vor allem auf brach liegenden Grundstücken.

Auch am Dienstagmorgen arbeite ich ab 07:00 Uhr im Garten. Meine Finger erinnern sich an die Bewegungen des Vortages, und die Pflanzen gleiten mühelos in die Erde. Als es genügend sind, mache ich mit dem Handy ein Foto, das ich Kasper und meiner Mutter schicke.

»Eliza?« Ich drücke gerade die Erde um die letzte Prunkwinde fest, als ich Andreas' Stimme hinter mir höre. »Was machst du da?« Andreas' Gesicht ist braun gebrannt, unter seiner Jacke trägt er ein dunkelrosa Oberhemd, in dem ich ihn noch nie gesehen habe.

»Fröhliches Hemd«, sage ich.

»Was machst du hier?«, wiederholt Andreas.

»Ich lege einen Garten an, darüber habe ich dir doch eine Mail geschickt.«

»Aha«, sagt Andreas. Er lässt den Blick über die Pflanzen gleiten. »Könntest du bitte gleich mal in mein Büro kommen?«

Als ich sein Büro betrete, gießt Andreas gerade ein Glas Wasser in den Topf der Monstera neben seinem Schreibtisch.

»Als ich dich gerade da draußen sah, fiel mir ein, dass diese Pflanze viel zu wenig Wasser bekommt«, sagt er. »Setz dich, Eliza.«

Andreas stellt das leere Glas auf den Tisch.

»Ich war überrascht, dich auf diesem Grundstück zu

sehen«, sagt er. »Ich wusste gar nicht, dass du einen Bezug zu Pflanzen hast.«

»Ich wollte etwas Neues probieren«, sage ich. »Ein wenig wie du mit deinem Oberhemd. Hast du das selbst ausgesucht?«

»Eliza, was ich gern klarstellen will - das Grundstück neben dem Institut hat bereits eine Bestimmung. Der Vorstand möchte, dass dort eine Terrasse angelegt wird, vor dem Café, das wir im August eröffnen. Du hättest dort nicht einfach so etwas pflanzen dürfen, ohne meine Erlaubnis einzuholen.«

Andreas sieht mich streng an, als wäre ich sein Kind.

»Du fühlst dich nicht wohl in deiner Haut, Eliza.«

»Du brauchst meinen Namen wirklich nicht so oft zu wiederholen.«

»Sieh mal, natürlich kannst du der spröden Art der Norweger die Schuld an allem geben, aber keiner will jemanden zur Freundin, der vollständig in sich gekehrt ist. Du musst ein wenig aus deinem Schneckenhaus kriechen, stell dich von dir aus Leuten vor. Wie geht es übrigens deiner Mutter? Ist es nicht besser, du kehrst in die Niederlande zurück? Kennst du dort noch viele Leute? Ich sage das nicht, weil ich dich hier weghaben will, ich versuche einfach, mir zu überlegen, was das Beste für dich ist.«

Eine Weile sind wir beide still. Unter meiner Haut fängt etwas an zu zittern.

»Ich nehme an, jemand anderes hat dieses idiotische Hemd für dich ausgesucht«, sage ich dann.

Ich stehe auf und verlasse den Raum, ohne noch etwas zu sagen.

»Ich habe gerade ein Foto von deinem Nachtgarten online gestellt«, sagt Ratna, als ich in die Bibliothek komme.

»Vielleicht zieht das Besucher an, ich frage Andreas mal, ob eine Bank organisiert werden kann.«

»Du kannst das Foto löschen«, sage ich. »Andreas möchte, dass dort eine gepflasterte Terrasse hinkommt.« Ich setze mich und scrolle blind durch ein Word-Dokument auf meinem Computer. Fetzen von dem Gespräch mit Andreas schießen mir durch den Kopf. Ich spüre, wie meine Augenwinkel wässrig werden, und versuche, nicht zu zwinkern, um keine Tränen auszulösen.

»Geht's ein wenig besser?«, fragt Ratna.

»Ich weiß nicht, ob ich hier noch arbeiten will«, sage ich. Meine Stimme klingt viel lauter, als ich will, ein paar Studenten schauen vom Arbeitstisch auf.

»Nimm dir doch einfach einen Tag frei, ich schaff das hier schon«, sagt Ratna.

Wann sind Sie ins Bett gegangen: 02:30
Wann sind Sie eingeschlafen: nicht
Wie oft/wie lange waren Sie wach: die ganze Nacht
Woran dachten Sie:
Den größten Teil der Nacht wiederhole ich das Gespräch mit Andreas im Kopf
Angenommen, ich gehe doch nach Taipeh und ziehe bei Kasper ein, dann muss ich einen neuen Hausarzt finden, mit dem ich mein Schlaftagebuch bespreche
Als es Morgen wird, denke ich an den Rhythmus, in dem Tiere, die migrieren, sich über die Erdkugel bewegen. Manche Tiere passen ihren Tag-Nacht-Rhythmus Ebbe und Flut an
Ich versuche, an Ebbe und Flut zu denken, schlafe aber vorläufig nicht ein
Was haben Sie gemacht: ein paarmal zur Toilette gegangen und ein Glas Wasser getrunken
Wann sind Sie aufgestanden: 08:00
Schlafdauer insgesamt: –

Andreas, ich glaube, es ist für uns beide am besten, dass ich meinen Job kündige. Das mache ich hiermit.

Während ich meine Kündigung losschicke, esse ich am Küchentisch eine Schale Joghurt mit Banane. Das ist die einzige Nahrung, die ich bei heftiger Schlaflosigkeit verdauen kann. Die schlaflose Nacht hat mich entscheidungsfreudig gemacht, obwohl ich mich gleichzeitig sehr nervös fühle. Ich dusche und schaue erst gegen Mittag wieder auf mein Handy. Andreas hat noch nicht geantwortet. Aber meine Mutter hat eine Nachricht geschickt, in der sie auf das Gartenfoto reagiert, das ich gestern Morgen verschickt hatte:

Sieht sehr gut aus, Lies! Tolle Idee, so ein Nachtgarten.

Eigentlich wollte ich nachts ein Foto vom Garten machen, wenn die Pflanzen wach sind, aber dafür habe ich nicht die richtige Kamera, schreibe ich zurück.

Mein Computer weiß auch sofort, dass ich arbeitslos bin: In meiner Mailbox ist eine Anzeige für eine Ausbildung zum Schlafwächter. Bestimmt, weil ich Stian mal gegoogelt habe, oder vielleicht hat Ratna recht, und sie versuchen, nach und nach die gesamte Bevölkerung zu rekrutieren.

Schlafwächter/in werden? Wir bilden dich aus! Nur noch ein paar Plätze frei!
Was könnte besser sein, als den ganzen Tag an der frischen Luft zu verbringen, um Menschen zu helfen? Die Arbeit von Schlafwächter/innen ist unabkömmlich. Daher hat die Provinz Rogaland eine Ausbildung zum Schlafwächter/zur Schlafwächterin ins Leben gerufen, die intern in unserer Schlummerklinik in Stavanger erfolgt.

Spaßeshalber klicke ich auf den Link. Die Ausbildung dauert sechs Wochen, und man bekommt eine Art Praktikumsvergütung.

Die letzte Woche verging entweder sehr träge oder sehr schnell, es ist schwierig, einen Zeitbegriff damit zu verbinden. Nachts liege ich wach, und in meinem Kopf spielt sich immer wieder das Gespräch mit Andreas ab. Andreas hat nicht auf meine Kündigung reagiert, Ratna zufolge hat er die Nachricht aber mit Sicherheit empfangen. Als ich Kasper von dem Konflikt mit Andreas erzählte, antwortete er, dass seine Arbeit manchmal Flugtickets für Familienangehörige erstattet. Er klang begeistert von der Aussicht, zusammenzuwohnen.

»Du brauchst ja nicht sofort auf ewig umzuziehen«, sagte er. »Mit einem Touristenvisum darfst du drei Monate in Taiwan bleiben. Betrachte es als eine Pause. Schlimmer als Norwegen kann es nicht werden, so wie sich das anhört.«

»Okay«, sage ich. »Ich denke darüber nach.«

Drei Tage später buche ich ein Ticket. Ich könnte dem Biologen eine Nachricht schicken, aber in letzter Zeit haben wir keinen Kontakt mehr gehabt. Vielleicht ist es auch besser so. Ich kann ihm immer noch schreiben, wenn ich erst mal richtig angekommen bin.

Im Bus zum Flughafen passiert etwas Ungewöhnliches. Mein Kopf fällt ständig gegen das Fenster, weil ich immer wieder ein paar Sekunden das Bewusstsein verliere. Es ist Jahre her, dass ich im öffentlichen Raum eingeschlafen bin, normalerweise schaffe ich das nicht mal ein paar

Sekunden. Während dieser Busfahrt hingegen kann ich die Augen kaum aufhalten. Auf dem Flughafen trinke ich einen doppelten Espresso. Mein Koffer bekommt einen Sticker mit Codes für Amsterdam und Taipeh. Ich bin früh, abgesehen von einem älteren Paar ist noch niemand am Gate. Ich trage eine dünne Leinenhose, in Taipeh sind es fast vierzig Grad, aber in der norwegischen Abflughalle ist es kühl. Aus meinem Rucksack ziehe ich den Wollpulli, den ich eingepackt habe, falls es unterwegs kühl würde, und lege ihn mir über die Beine. Es geht hier gemächlich zu, alle auf dem Flughafen sind unterwegs. Das ältere Paar betrachtet gemeinsam Fotos auf dem Handy. Eine entspannte Frauenstimme kündigt in regelmäßigen Abständen einen Flug an. Allmählich verwandelt sich die Frauenstimme in das Geräusch von Regen. Trotz des Espresso fühlen sich meine Augenlider schwer an. Durch die Lautsprecher ertönen jetzt dieselben Regengeräusche wie die, die sich mein Vater anhörte, wenn er nicht einschlafen konnte. Die Abflughalle füllt sich mit dem typischen Geruch, der entsteht, wenn Regen auf trockene Erde fällt.

Schlaf als Ende

Irgendwo habe ich kürzlich gelesen, dass es viele Geschichten gibt, die damit enden, dass jemand stirbt, aber viel seltener damit, dass eine Figur am Ende einer Geschichte einfach einschläft (ich finde Einschlafen ein schönes Ende). Emily Dickens benutzte Schlaf wiederholt als Metapher für den Tod. (Das finde ich schade, ich sehe Schlaf am liebsten für das an, was er ist.)

Mein Flugzeug ist schon seit zwei Stunden weg, als ich mit Kasper spreche.

»Was? Ich verstehe dich total schlecht. Sitzt du nicht im Flugzeug?«, ertönt es durch mein Handy.

»Ich bin eingeschlafen und hab den Flug verpasst.«

»Wie kann das sein? Du schläfst normalerweise doch nie einfach so ein?«

»Ich weiß auch nicht. Vielleicht ist mit der Aussicht, nach Taipeh zu kommen, eine Art Unruhe von mir abgefallen.«

»Okay, keine Panik, ich buch dir einen neuen Flug. Ich hol mal schnell mein Laptop.«

»Kas, warte mal kurz. Was, wenn diese Sorgen, mich nirgendwo zu Hause zu fühlen, in Taipeh zurückkommen? Dann habe ich gleich wieder denselben Stress und mache nachts kein Auge zu.«

»Ja, was willst du dann? Willst du ewig auf dem Flughafen hocken bleiben?«

»Ich glaube nicht. Ich will einfach ein wenig Bedenkzeit.«

»Lies, du benimmst dich wie eine verwöhnte Prinzessin. Keiner hat dich verpflichtet, nach Taipeh zu kommen.«

»Ich muss darüber nachdenken, was ich will, statt immer anderen zu folgen. Jetzt nach Taipeh kommen, das fühlt sich an wie aufgeben, ich will es in Norwegen versuchen.«

»Und wo gehst du hin? Du hast keine Wohnung mehr.«

»Vielleicht kann ich ein paar Nächte bei Ratna bleiben. Und sonst suche ich mir für heute Nacht ein Hotel.«

In der Schlange vor dem Schalter, wo ich mich nach meinem Koffer erkundige, denke ich an den Hausarzt, der sagte, ich gehe die Dinge nicht an. Ich gehe die Dinge durchaus an, ich habe einfach Angst, zu versagen, deshalb fange ich erst gar nicht an. Oder ich fange halb mit etwas an. Wenn man halbherzig mit etwas anfängt, ist es weniger schlimm zu versagen, als wenn man alles gegeben hat.

Die Frau am Informationsschalter spricht mit einem starken Stavanger-Dialekt, und ich habe Schwierigkeiten, sie zu verstehen. Auf Bokmål (eine der norwegischen Standardsprachen, aber die meisten Norweger sprechen einen Dialekt), das ich in meinem Sprachkurs gelernt habe, bitte ich sie, den Satz zu wiederholen. Die Frau versteht nicht, was ich sage, also wiederhole ich die Frage auf Englisch. Mein Koffer wurde vor dem Abflug ausgeladen und dreht sich einsam auf dem Gepäckband.

Ratna hat meine Nachricht zu spät gesehen, und ich sitze in einem Einzelzimmer im billigsten Hotel, das in Flughafennähe zu finden war. Vom Bett aus fotografiere ich das Fenster. Von der Autobahn und der Startbahn klingt Getöse, aber das Zimmer hat Ausblick auf eine Reihe Tannen, und ohne Geräusch sieht es aus, als säße ich mitten im Wald. Ich schicke Kasper das Foto.

Wann sind Sie ins Bett gegangen: 23:15
Wann sind Sie eingeschlafen: 23:20
Wie oft/wie lange waren Sie wach: ein Mal, gegen 04:00 Uhr
Woran dachten Sie:
Ich fühle mich entspannt in dem Hotelzimmer. Hier ist keiner, der etwas von mir erwartet, ich bin vollkommen anonym. Aber Kasper hat natürlich recht, ich kann nicht ewig auf dem Flughafen hocken bleiben. Der Anthropologe Marc Audé nennt vorübergehende Orte wie Flughäfen, Hotelzimmer und Autobahnen *non-places*. Es sind Orte, die absolut nicht zum Ankern gedacht sind
Was haben Sie gemacht: nichts
Wann sind Sie aufgestanden: 07:00
Schlafdauer insgesamt: etwa 7 Stunden

Es ist Abend, und ich schaue raus. Die Nacht treibt den Tag in die Erde. Ich stelle mir vor, wie der Boden das Tageslicht in sich aufnimmt, wie die ersten leuchtenden Pflanzen entstehen und anschließend leuchtende Wurzeln. Wie das Licht schließlich so tief in der Erde ist, dass es nicht mehr zu sehen ist.

Ich wohne jetzt schon seit zwei Wochen im Hotel und esse hauptsächlich vorverpackte feuchte Brötchen und Wraps aus dem Automaten im Gang. Ich habe weder Teller noch Besteck, und das Automatenessen ist viel billiger als in einem Restaurant.

Bevor ich schlafen gehe, suche ich online nach der Anzeige für die Ausbildung zur Schlafwächterin. Wenn ich mich jetzt anmelde, bin ich noch rechtzeitig, um bald anzufangen. Ich kann jederzeit aufhören. Ich denke an Stians warmherzige Persönlichkeit und erinnere mich an die sanfte Olga vom Institut, die vor ein paar Wochen auch mit der Ausbildung angefangen hat. Wenn alle Schlafwächter sind wie Stian und Olga, herrscht dort auf jeden Fall eine gute Arbeitsatmosphäre. Und sollte ich in Zukunft beschließen, mit meinem Forschungsantrag weiterzumachen, wäre der Zugang zu den Schlummerkliniken ideal.

Ich schicke Stian eine Nachricht, in der ich ihn frage, ob er meint, dass ich zur Schlafwächterin geeignet wäre.

Wann sind Sie ins Bett gegangen: 23:50
Wann sind Sie eingeschlafen: 00:30
Wie oft/wie lange waren Sie wach: gegen 05:00 Uhr
Woran dachten Sie:
Dass ich in ein Geschäft gehen muss, um Besteck zu kaufen, dann kann ich mir auf meinem Zimmer Brote schmieren
Und auch: Ich melde mich einfach für diese Ausbildung an
Was haben Sie gemacht: –
Wann sind Sie aufgestanden: 07:00
Schlafdauer insgesamt: 6 Stunden

Auf jeden Fall!, schreibt Stian zurück. *Du wärst eine ausgezeichnete Schlafwächterin. Am 14. komme ich übrigens nach Stavanger, vielleicht können wir uns auf einen Drink treffen? Es ist ein kurzer Besuch, ein Seminar im Institut. Ich muss abends wieder zurück nach Oslo.*

Ich glaube, ich versuche es tatsächlich, kann immer noch aufhören, antworte ich. *Am 14. hat die Ausbildung schon angefangen! Ich schreib dir noch, wie mein Tag dann aussieht.*

Zwei Nachrichten von Ratna, als ich ihr erzähle, dass ich die Ausbildung zur Schlafwächterin mache:

Wow!!!! Wie spannend. Du musst unbedingt bald zum Essen kommen und mir alles erzählen! Im Institut ist es ohne dich sterbenslangweilig.

Sie haben einen Neuen eingestellt für die Bibliothek, er sagt fast nichts und atmet sehr laut.

»Ich kann das nicht gut lesen«, sagt der Mann am Tisch neben mir.

Es ist der erste Tag der Ausbildung, und wir sind sechzehn Teilnehmer in einem cremefarbenen Raum. Es gibt keine Vorhänge, und der Text auf dem Projektionsschirm ist durch das Sonnenlicht kaum sichtbar.

»Ich fasse es schnell mal zusammen«, sagt Merete.

Merete ist unsere Ausbilderin, und obwohl wir im Prinzip genügend Zeit haben, spricht sie den ganzen Morgen schon, als hätte sie es eilig.

»Das Modul umfasst also sechs Wochen. Die ersten beiden Wochen sind wir hier in diesem Raum, danach arbeitet ihr in der Schlummerklinik mit, und schließlich geht ihr unter Begleitung eines erfahrenen Schlafwächters noch zwei Wochen auf die Straße. Ich möchte euch darauf hinweisen, dass wir nächste Woche einen Test machen, um zu sehen, ob alle nachts genug Ruhe bekommen. Diejenigen, die den Test nicht bestehen, können leider nicht weitermachen. Ein Schlafwächter mit Schlafmangel, das geht nicht.«

Merete lacht kurz auf, ein Geräusch wie klackernde Kieselsteine.

»Okay, eine halbe Stunde Pause«, sagt sie sofort danach. »Ich erwarte euch um Punkt zwölf wieder hier.«

Während die anderen den Raum verlassen, gehe ich zu Meretes Schreibtisch.

»Wie funktioniert dieser Test eigentlich? Wird da gemessen, wie lange wir nachts schlafen?«, frage ich.

»Genau«, sagt Merete. »Du bekommst ein Armband, das registriert, wie die Nacht verläuft.«

»Aber schlafen Leute mit so einem Armband nicht wahnsinnig schlecht, weil sie sich auf ihren Schlaf fixieren?«

»Du darfst ja ruhig Tropfen nehmen. Solange du nur genügend Kernschlaf am Anfang der Nacht bekommst«, sagt Merete mit Blick auf ihren Computerbildschirm. »Klappt das, meinst du?«

»Bestimmt«, antworte ich, obwohl ich nicht die geringste Ahnung habe, was sie mit *Kernschlaf* meint.

Abrupt erhebt sich Merete von ihrem Stuhl, und ich folge ihr in den Gang. An den Wänden hängen Poster mit Grafiken des Tag-Nacht-Rhythmus verschiedener Tiere und Menschen. Im Institut habe ich solche Bilder schon einmal gesehen.

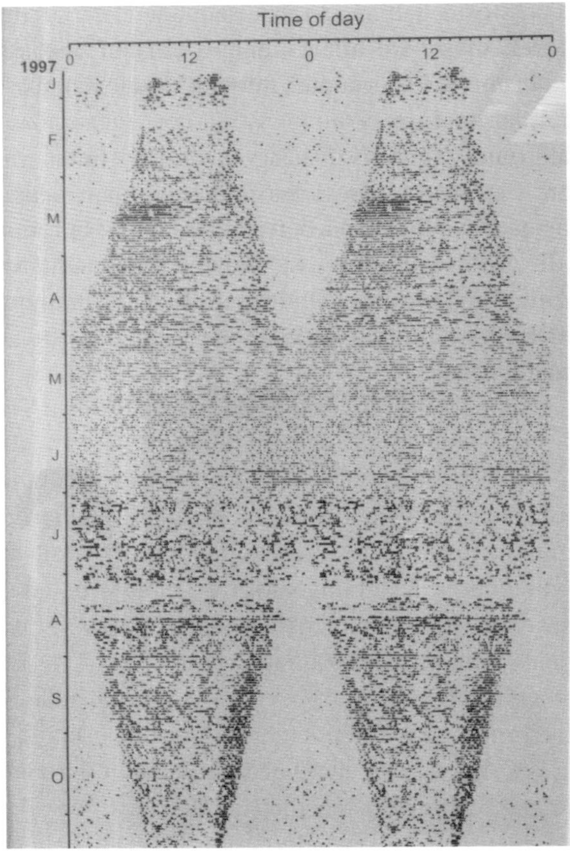
Time of day
0
12
0
12
0
1997
J
F
M
A
M
J
J
A
S
O

»Sind das Testergebnisse von Auszubildenden?«, frage ich.

»Nein, diese Untersuchungen wurden viel früher durchgeführt. Es wurde viel mit einer Vogelart auf Spitzbergen getestet. Im Sommer ist es dort vierundzwanzig Stunden am Tag hell, ihr Tag-Nacht-Rhythmus variiert extrem. Und dann hängen hier auch ein paar besondere Exemplare, das hier zum Beispiel ist ein Actogramm des Schlafrhythmus des Ministerpräsidenten«, sagt Merete weiter hinten im Gang. »Und dieses hier, das stammt von einem Eisbären, dem wir eine Weile gefolgt sind. Auch auf Spitzbergen. Erst sollte das Tier aufs Festland nach Norwegen verschifft werden. Die Universität in Tromsø hatte sogar einen speziellen gekühlten Raum für ihn gebaut, mit Privatschwimmbad und allem Drumherum. Schließlich wurde nichts aus dem Projekt. Vielleicht auch nur gut so, so ein Eisbär in Gefangenschaft ist doch eine beklemmende Vorstellung.« Merete bleibt vor einer geschlossenen Tür stehen. »Ich muss noch was erledigen, bis gleich in der Stunde«, sagt sie.

Ich gehe allein weiter. Am Ende der Halle sehe ich die anderen an einem Tisch sitzen. Ich schiebe einen Stuhl hinzu und höre, dass sie über den Schlaftest reden. Die Frau neben mir reicht mir die Hand.

»Assia«, sagt sie lächelnd. »Offensichtlich bekommt niemand von uns genügend Schlaf, um diesen Test zu bestehen.«

»Eine riesige Dosis Tropfen, was anderes bleibt uns

wohl kaum übrig«, sagt der Mann, der zuvor Probleme mit dem Text auf dem Projektionsschirm hatte. »Oder vielleicht jemand anderem dieses Armband umbinden? Geht das nicht? Einem Onkel, der ganz leicht eindöst?«

»Ich habe gehört, dass abends jemand vorbeikommt«, sagt Assia. »Und die ganze Nacht ist eine Kamera auf dich gerichtet.«

»Wir können uns immer noch volllaufen lassen«, sagt ein junger Mann in einem gestreiften Oberhemd.

Nach dem Unterricht kaufe ich in einem Einkaufszentrum ein Armband, das den Schlaf registriert. Wenn ich es in den kommenden Tagen schon mal trage, gewöhne ich mich vielleicht daran.

Im Supermarkt ist Kamillentee im Angebot. Ich denke an den Hausarzt, der die beruhigende Wirkung von Kamille erwähnte, und lege ein Päckchen in meinen Einkaufskorb.

Auf dem Nachhauseweg rufe ich Ratna an und erzähle ihr von meinem ersten Tag.

»Musstest du deine Personennummer angeben, als du dieses Armband gekauft hast?«

»Ja«, sage ich. In Norwegen laufen bestimmte Ankäufe wie ein Handy oder ein Internetvertrag schon seit Jahren nur mit Personennummer, also dachte ich gar nicht weiter darüber nach.

»Pass nur auf«, sagt Ratna. »Ab jetzt registrieren die genau, wie du jede Nacht schläfst.«

Zurück im Hotel setze ich mich auf mein Bett und blättere durch die Seiten, die ich für den Kurs lesen soll. VERTRAULICH steht darüber. Nach Oslo, Bergen und Trondheim ist Stavanger die vierte Stadt mit einer Schlummerklinik. Ich schließe die Augen und lasse den Tag noch einmal an mir vorbeiziehen. In der Pause meinten die anderen, die Regierung tue so geheimnisvoll, weil sich alles noch in der Testphase befindet.

»Norweger haben Angst vor Gesichtsverlust«, sagte Assia. »Die Politiker, die Millionen Kronen in diese Schlummerkliniken pumpen, haben mächtig Angst, sich zu blamieren. Es hat mit *Janteloven* zu tun, dem Gesetz von Jante, der beharrlichen Idee, man solle sich nicht von den anderen unterscheiden. Ehrgeiz zeigen wird noch immer als unpassend betrachtet.«

Assia hat recht. Ich schiebe den Laptop zur Seite und lasse mich zurücksinken. Ich denke an den Test nächste Woche und nehme das Armband, das Schlaf registriert, vom Nachtschränkchen. Vielleicht klappt alles, bis jetzt habe ich im Hotel erstaunlich gut geschlafen.

Rezept

Gerolamo Cardano war ein italienischer Arzt und Mathematiker aus der Renaissance, der glaubte, das Einreiben der Zähne mit Ohrenschmalz von Hunden helfe gegen Schlaflosigkeit. Offensichtlich war diese Idee so beliebt, dass sie fast fünfzig Jahre später in dem Buch *The Anatomy of Melancholy* (1621) noch immer als Mittel gegen Schlaflosigkeit empfohlen wurde.

»Zehn von euch haben es geschafft«, sagt Merete. »Sehr gut, das ist ein überdurchschnittliches Ergebnis.«

Es ist der Morgen nach dem Test, und der Klassenraum ist etwa zur Hälfte gefüllt, diejenigen, die den Test nicht bestanden haben, wurden sofort informiert, dass sie nicht mehr zu kommen bräuchten. Alle im Raum haben theoretisch gut geschlafen. Alle sehen völlig zerschlagen aus. Ich selbst habe eine doppelte Dosis Tropfen genommen, an den Gesichtern der anderen ist abzulesen, dass manche die Dosis vermutlich noch weiter erhöht haben.

»Das bedeutet, dass ihr mit dem zweiten Modul weitermacht, dem Unterricht in der Schlummerklinik«, fährt Merete wie eine Quizmasterin fort. »Ich schicke euch jetzt eine E-Mail mit einer Geheimhaltungsvereinbarung, die ihr bitte unterschreibt.«

Nach dem Lunch fährt uns Merete in einem Kleinbus zur Schlummerklinik. An den Fenstern entsteht Kondenswasser, das die Form von Bergen annimmt, einer Bergkette, die sich ausstreckt, sodass wir schon bald nicht mehr durch die Seitenfenster schauen können. Ungefähr zwanzig Minuten später hält der Bus an, Merete öffnet die Schiebetür. Wir sind ein wenig außerhalb von Stavanger, auf einem Kai, an dem Boote liegen. Wir schauen alle zu einem hohen reflektierenden Gebäude, das auf dem Wasser treibt.

»Was für ein Riesending«, sagt einer aus der Gruppe.

»Seht mal, dort stehen wir, ganz klein. Das Gebäude ist eine Art Spiegel.«

»Ja.« Auf Meretes Gesicht erscheint ein Lächeln. »Die Schlummerkliniken wurden von einem brillanten japanischen Architekten entworfen. Sein Motto ist, Architektur flüssig zu machen, wie Bewegungen von Wolken oder Wasser. Alle Kliniken wurden aus spiegelnden Materialien gebaut.«

»Sind die Schlummerkliniken vielleicht spiegelnd in einem ungeschickten Versuch, sie unsichtbar zu machen, um wenig Aufmerksamkeit zu erregen?«, fragt Assia.

»Unsichtbar?«, sagt Merete. »Natürlich nicht, das Gebäude ist doch sehr gut sichtbar!«

»Eigentlich ist es eher ein futuristischer Apartmentkomplex als ein Schiff«, sagt jemand. »Praktisch, mit treibenden Gebäuden zu arbeiten, jetzt, da der Wasserpegel steigt.«

»Alle Schlummerkliniken treiben«, fährt Merete fort. »Dafür gibt es verschiedene Gründe. Das Schaukeln ist wichtig. Das Wogen der Wellen hilft beim Einschlafen, und man sagt, dass Gehirnwellen unter Einfluss regelmäßiger Schaukelbewegungen ein besseres Muster bilden. Und an Bord gibt es natürlich kaum Stimuli aus der Außenwelt, das hilft auch.«

»Es sieht teuer aus«, sage ich.

»Ja.« Merete schließt den Bus mit der Fernbedienung ab. »Kommt, wir gehen rein.«

Nacheinander überqueren wir die Laufplanke, Assia und ich sind die Letzten.

»Ich habe gehört, dass das Boot Patienten daran hindert, einfach so wegzulaufen«, murmelt Assia. »Wasser ist freundlicher als Zäune.«

Drinnen pikst Assia mit dem Finger in eine hellblaue Wand.

»Die ist weich«, sagt sie.

»Die Wände sind weich, um Geräusche zu dämpfen«, flüstert Merete. »Ab jetzt dürfen wir nicht zu laut sprechen.«

Assia lacht.

»Oh, du meinst das ernst.«

»Wir gehen jetzt erst in den Unterrichtsraum«, flüstert Merete, ziemlich laut. »Drinnen können wir wieder reden.«

Die Gruppe schiebt sich hinter Merete durch den hellblauen Gang. Darunter wogt das Meer. Merete hat nichts über Schritte gesagt, bestimmt dürfen die auch nicht zu laut sein. Alle setzen die Füße vorsichtig auf. Ab und an kommen wir an einer Tür mit einem hellblauen Vorhang vor dem eingelassenen Fenster vorbei.

»Schlafen hinter all diesen Türen Patienten?«, flüstert Assia.

»Wir versuchen, so weit wie möglich einen normalen Tag-Nacht-Rhythmus beizubehalten. Nur bei einem außergewöhnlichen Schlafmangel schläft ein Patient tagsüber, und manchmal führen wir Tests durch.«

Wir kommen an einem Zimmer vorbei, in dem jemand laut weint.

»Hier die Treppe rauf«, sagt Merete schließlich. Sie öffnet eine Tür, und wir folgen ihr. In diesem Raum sind die Wände hart, und das spüre ich in den Ohren, als würde mit dem Widerhall auch ein anderer Luftdruck erzeugt. Ich schaue mich um, in dem cremefarbenen Raum stehen lange Tische mit Computern und Kopfhörern.

»Das ist der Nacht-Abhörraum«, sagt Merete. »Wir stehen in Verbindung mit allen Zimmern in der Klinik und kontrollieren Schlafgeräusche, um zu prüfen, ob sich das Verhalten der Patienten ändert. Atmung, Schnarchen, das Zerknautschen von Laken. Wenn abrupt Änderungen eintreten, schauen wir kurz vorbei.«

»Und das geht einfach so?«, fragt eine Teilnehmerin. »Was, wenn sie, na ja, wenn sie privat mit etwas beschäftigt sind?«

»Guter Punkt. Die Aufnahmeapparatur schaltet sich erst ein, wenn die Patienten selbst angeben, schlafen zu gehen.«

»Die Patienten sind hier also freiwillig?«, fragt Assia.

»Ja«, sagt Merete. »Es gibt ein paar Ausnahmen, die einen so gigantischen Schlafmangel aufgebaut haben, dass sie keine klaren Entscheidungen mehr treffen können. Aber das kommt recht selten vor.«

»Dürfen die Patienten Besuch empfangen?«, fragt Assia weiter.

»Selbstverständlich. Obwohl die meisten nicht viel Besuch bekommen. Viele von ihnen sind ja gerade hier, weil es niemanden gab, um sie aufzunehmen, als sie vollkommen erschöpft waren.«

»Wie kann es sein, dass in der Öffentlichkeit so wenig über die Schlummerkliniken bekannt ist?«

»Wahrscheinlich ist zu wenig Interesse da.« Merete sieht Assia jetzt zum ersten Mal an. »Du kommst mir vor wie eine Journalistin. Komm, wir machen weiter mit der Stunde, sonst werden wir nicht rechtzeitig fertig.«

Den restlichen Nachmittag hören wir uns alte Aufnahmen von schlafenden Patienten an und sprechen mit einer Schlafwächterin, die sich auf die Nacht vorbereitet.

»Bevor ich es vergesse, nächste Woche Montag findet tagsüber kein Unterricht statt«, sagt Merete, als wir um

16:00 Uhr wieder draußen stehen. »Wir werden ein paarmal nachts Schlafwächter begleiten, um zu erleben, wie das funktioniert.«

Sätze, die zufällige Personen heute in der Schlummerklinik geflüstert haben

Sind die Betten hier weicher als anderswo?

Weil die Wände weicher sind.

Ich vergesse immer, dass wir auf einem Boot sind.

Weiß jemand, wo die Toilette ist?

Erde. Wie Boden, nicht der Globus.

Und ob du mich hörst.

Verkauft ihr auch Brötchen ohne Schinken?

Gibt es viele Sandstrände an dieser Küste?

Zwei Tee ohne Zucker.

Es war anders, weil es sich dieses Mal wie zu Hause anfühlte.

Komisch, dass wir auch in der Cafeteria flüstern sollen.

Wie spät ist es? Es ist, als wäre es schon Nacht.

Ratnas Freund besucht seine Familie im Norden, und Ratna besteht darauf, dass ich eine Woche bei ihr wohne. Ich klappe meinen Laptop zu und lasse ihn in meinen Rucksack gleiten, durch den Unterricht in der Schlummerklinik habe ich seit ein paar Tagen vergessen, mein Schlaftagebuch zu führen. Anschließend stopfe ich die Kleidungsstücke, die im ganzen Hotelzimmer verteilt liegen, in meinen Koffer.

»Wer kritische Fragen stellt, fliegt also raus aus der Ausbildung«, sagt Ratna, als wir an ihrem Esstisch sitzen. Energisch schneidet sie eine Apfelsine in zwei Hälften. Ich habe ihr gerade erzählt, dass ich heute Nachmittag einen Anruf von Assia bekam, die sagte, sie habe mit der Ausbildung aufgehört.

»Sie meinte, sie wollte selbst aufhören«, antworte ich.

»Wird wohl«, schnaubt Ratna.

»Das ist wirklich so. Sie sagte, das Boot würde sie beengen, und sie würde sich über Merete ärgern.«

»Hast du Jens schon getroffen, unseren Nachtwächter?«, erkundigt sich Ratna.

»Nein. Wir haben bisher kaum Patienten gesehen.«

»Was machen die eigentlich den ganzen Tag?«, fährt Ratna fort. »Hocken die Leute alle in ihren Zimmern?«

»Ja, oder in Räumen für die Tagesaktivitäten.«

»So Spiele, wie man sie in Seniorenheimen macht?«

»Na ja, das ist eigentlich ganz interessant«, sage ich.

»Offensichtlich arbeiten sie zusammen an einer Art Theaterstück. Der Gedanke ist, dass Patienten ihre alten Denkmuster durchbrechen und Theaterspielen dabei helfen kann.«

»Klingt grässlich«, sagt Ratna. »Müssen sie beim Theaterspielen auch flüstern?«

Ich muss lachen. »Gute Frage. Ich denke, da dürfen sie ganz normal reden. Es gibt ein paar schalldichte Räume in der Klinik.«

»Darfst du das alles überhaupt erzählen?«

»Jeder braucht doch jemanden, dem er vertraut und seine Geschichten erzählen kann?«

Schweigend essen wir unsere Apfelsinenhälften.

»Seit Jens verschwunden ist, habe ich wirklich Angst, ich könnte die Nächste sein«, sagt Ratna. »Wenn ich eine Nacht nicht geschlafen habe, schmiere ich mir eine dicke Schicht Schminke aufs Gesicht.«

»Ich glaube, du stellst es dir viel schlimmer vor, als es ist«, sage ich. »Die meisten Schlafwächter in der Klinik sind sehr freundlich, sorgsam auf eine Weise, die man nicht oft sieht.«

Seit ich zu Ratna gezogen bin, schlafe ich wieder schlechter. Ich bin mir der Geräusche in der Wohnung bewusst und will Ratna morgens nicht mit dem Frühstück warten lassen, wodurch ich viel früher aufwache, als ich sollte.

Als sie am Montagmorgen zum Institut gefahren ist, schließe ich die Vorhänge und krieche zurück ins Bett. Ohne Ratna ist es still in der Wohnung. Ich schlafe schnell ein und träume, dass ich mit meinem Vater im Steuerhaus des Schiffs sitze, er auf dem Steuerstuhl und ich auf einem Holzhocker. Wir fahren auf dem Rhein, und mein Vater hat ein breites Lächeln im Gesicht.

»Bist du so glücklich, weil wir wieder auf dem Schiff sind?«, frage ich ihn. Mein Vater schaut eine Weile lächelnd vor sich hin.

»Nein, nein, das siehst du falsch«, sagt er dann. Er lächelt noch immer, aber über seine Wangen strömen Tränen. Die Tränen riechen nach Erde. Ich beuge mich zu ihm und denke an einen Garten.

»Nicht deiner Mutter sagen. Sie will nicht, dass du und Kasper mich so seht.« Mit einem Ärmel wischt er sich die Tränen vom Gesicht.

Als ich aufwache, habe ich wieder ein schweres Gefühl im Magen, und es bleibt für den Rest des Tages. Heute fängt der Unterricht erst spät an, in der Dämmerung werden wir zur Schlummerklinik gefahren. Im Bus ist es still, Assia hat eine Lücke in der Gruppe hinterlassen. Als wir an der Klinik ankommen, ist es dunkel am Kai. Das Boot erhebt sich wie ein Schattenberg aus dem Wasser.

In dem cremefarbenen Raum bekommen wir dieses Mal alle einen eigenen Kopfhörer. *Cremefarben* bedeutet, dass wir laut reden dürfen. Es war mir zuvor noch nicht wirklich aufgefallen, aber alle Räume, in denen geflüstert werden muss, sind hellblau.

»Bitte notiert auch die kleinsten akustischen Auffälligkeiten«, sagt Merete. »Bei plötzlichen Veränderungen sagt ihr mir Bescheid, dann schauen wir kurz im Zimmer nach. In jedem Zimmer hängen automatische Sensoren, die akustische Veränderungen registrieren, aber wir wollen, dass die Schlafwächter selbst darauf aufmerksam werden.«

Zwei Stunden später habe ich kaum etwas aufgeschrieben. Das händische Notieren von Geräuschen ist zweifelsohne der ödeste Auftrag, den ich jemals ausgeführt habe. Ich nehme einen Schluck von meinem dritten Kaffee und muss furchtbar dringend zur Toilette. Merete hat nicht gesagt, was wir in diesem Fall tun sollen. Als sie etwas später vorbeikommt, winke ich sie herbei.

»Geh nur«, sagt sie.

Der gedämpft beleuchtete Gang hat keine Fenster, die Klinik erinnert mich manchmal an das Flughafenhotel.

»Die Treppe runter und dann zweimal nach rechts«, sagt Merete.

Ich biege um die Ecke. Mitten im Gang steht ein Mann mit dem Rücken zu mir. Er trägt die hellblaue Patienten-Uniform, und ganz kurz spüre ich Panik. Kontakt mit Patienten steht erst Mittwoch auf dem Programm. Trotz meiner leisen Schritte muss der Mann mich gehört haben, er dreht sich um.

»Hey, was machst du denn hier?«, sage ich laut, als ich sein Gesicht sehe. Vor Erstaunen vergesse ich zu flüstern.

Der Mann im hellblauen Pyjama ist Stian.

»Solltest du nicht in Oslo sein? Und warum trägst du einen Pyjama?«

Stians Gesicht ist grau. Es dauert eine Weile, bevor er etwas sagt.

»Ich möchte dir was zeigen«, sagt er dann. In seinem Gesicht regt sich nichts, und allmählich frage ich mich, ob er mich überhaupt erkennt.

Stian dreht sich wieder um und geht durch den Flur, zögernd folge ich ihm.

»Hier ist es«, sagt er und öffnet eine Tür. »Das ist mein Zimmer.«

Er setzt sich auf das Einzelbett, das Gesicht noch immer emotionslos, wahrscheinlich steht er unter Einfluss von Tropfen. Ziel ist, dass die Patienten auf Dauer nicht mehr von Tropfen abhängig sind, aber wenn jemand gerade erst aufgenommen wurde, werden sie dennoch verabreicht.

»Ich habe schon drei Tage nicht mehr geschlafen und wurde heute Nachmittag hierhergebracht, die Klinik in Oslo ist voll.«

»Ich hatte Angst, du würdest mich nicht erkennen«, sage ich. »Bist du okay? Soll ich jemanden rufen?«

Stian legt sich aufs Bett.

»Solange ich liege, geht's gut«, antwortet er.

Ich setze mich auf die Bettkante und höre das Schwappen des Wassers.

»Mach ruhig die Augen zu, ich bleib hier«, sage ich. Ich drücke auf den Lichtschalter, im Raum sind nur noch Konturen zu erkennen.

»Du kannst dich gern neben mich legen, wenn du möchtest, bestimmt bist du auch müde«, sagt Stian. Die dunkle Form seines Körpers schiebt sich zur Wand. Einen Moment zögere ich, aber dann lege ich mich neben ihn, ohne ihn zu berühren. Eine ganze Weile liege ich so auf Stians Bett. Allmählich nimmt sein Atem einen Rhythmus an. Weil ich an diesem Abend schon zwei Stunden lang der Atmung einer schlafenden Frau gelauscht habe, ist es nicht schwierig, die Veränderung von Stians Atmung zu erkennen. Ich schließe die Augen. Das Boot schaukelt. Ich frage mich, ob Stian am Abend den Rekorder eingeschaltet hat und jemand in dem cremefarbenen Raum uns jetzt zuhört.

Geräuschprotokoll

23:00 ein gleichmäßiges Atmen
23:01
23:02
23:03
23:04
23:05
23:06
23:07
23:08
23:09
23:10
23:11
23:12
23:13
23:14
23:15
23:16
23:17
23:18
23:19
23:20
23:21
23:22
23:23
23:24
23:25

23:26
23:27 Es wirkt, als würde ich ein Summen hören
23:28 Summen nimmt ein wenig zu
23:29
23:30
23:31 Summen lässt nach
23:32 Summen entpuppt sich als die Lüftung meines Computers
23:33
23:34
23:35
23:36
23:37
23:38
23:39
23:40
23:41
23:42
23:43
23:44
23:45
23:46
23:47
23:48
23:49
23:50
23:51 Murmeln (im Schlaf?), Wiederholung eines undeutlichen Wortes, das mit M anfängt?
23:52
23:53
23:54
23:55

23:56

23:57

23:58

23:59

Unbemerkt verlasse ich Stians Zimmer und kehre zurück zur Gruppe. Merete ist nicht zufrieden mit meinem Geräuschprotokoll. Die Zeit mit Stian notierte ich als eine Zeit, in der sich keine Geräusche vernehmen ließen, wodurch in meinen Notizen fast gar nichts passiert.

»Du musst lernen, dich besser zu konzentrieren, Eliza«, sagt Merete, als sie sich mein Logbuch der vergangenen Stunden ansieht.

Es ist ungefähr 04:30 Uhr. Der Unterricht ist vorbei, und wir fahren mit dem Bus zurück ins Stadtzentrum. Jetzt, da der Sommer naht, werden die norwegischen Nächte immer heller. Bei Sonnenaufgang stecke ich den Schlüssel in Ratnas Haustür. Ich bin so müde, dass ich mich vor dem Zähneputzen kurz aufs Sofa im Wohnzimmer lege.

»Eliza?«, erklingt es über meinem Kopf. Ich öffne die Augen und sehe Ratnas Silhouette badend im Sonnenlicht über mich gebeugt. Ich liege noch immer auf dem Sofa.

»Ich habe Mittagspause! Ich fände es schön, zusammen was zu essen, sonst sehe ich dich ja nie bei deinen Nachtschichten«, sagt Ratna.

Am Tisch kehren die Bilder der vergangenen Nacht zurück. Stians blasses Gesicht, das wie in einem Traum durch den hellblauen Gang schwebt. Ich beschließe, Ratna nicht von Stian zu erzählen. Das Ereignis fühlt sich zu fragil an, als würde er wieder verschwinden, wenn ich jemandem davon erzähle.

Es ist Mittwoch Abend, heute stehen die Treffen mit Patienten auf dem Programm. In dem cremefarbenen Raum erklärt Merete, wir sollen vermeiden, laut mit Patienten zu sprechen.

»Es ist sehr wichtig, dass wir flüstern und unsere Stimme um die dreißig, fünfunddreißig Dezibel bleibt«, sagt sie.

»Gibt es dafür ein Gerät?«, fragt jemand aus der Gruppe. »Um zu messen, wie laut unsere Stimme ist?«

»Lautstärke kann man einfach messen, aber wenn du immer nur flüsterst, ist das automatisch okay. Sind alle bereit? Dann besuchen wir gleich drei verschiedene Zimmer, alle drei Patienten und Patientinnen sind hier schon von Anfang an.«

In einer Reihe schieben wir uns hinter Merete durch den hellblauen Gang. Auch die Schlafzimmer haben weiche Wände, die Geräusche klingen matt.

Der erste Patient ist ein Mann Anfang achtzig. Auf einem Tisch neben seinem Bett liegen Bücher über Flugzeuge und Vögel. Auf Meretes Fragen reagiert er kaum, er sagt ständig, er verstehe unser Flüstern nicht und wir sollten lauter sprechen. Als Merete Tee bestellt, scheint er sich ein wenig zu entspannen. Er erzählt, wie er seit dem Tod seines Mannes nicht mehr einschlafen kann.

»Gemeinsam hatten wir eine Routine, einen festen Rhythmus aufgebaut. Jetzt, da Eirik nicht mehr da ist, bestehen die Tage und Nächte aus einer ununterbrochenen

Linie, da ist keine Bewegung mehr drin, keine Ebbe und Flut.« Während der Mann spricht, betrachte ich die Titel der Bücher auf dem Tisch.

»Ich schreibe ein Buch über einen Mann, der lieber ein Vogel wäre«, vertraut er mir an, als die anderen das Zimmer verlassen. »Vögel können Tage hintereinander fliegen, sie brauchen wenig Schlaf. Träumst du ab und zu mal, dass du fliegen kannst?«, fragt er und schaut mich plötzlich eindringlich an.

»Nein«, sage ich.

»Schade, du wärst ein guter Vogel«, sagt der Mann. Er dreht sich um und nimmt eines der Bücher vom Tisch. »Für dich«, sagt er und drückt mir das Buch in die Hand.

Bevor ich etwas entgegnen kann, schiebt er mich sanft zur Tür hinaus. Im Gang stopfe ich das Buch schnell in meine Tasche. Die Gruppe ist schon am Zimmer des nächsten Patienten angelangt. Die Geschichten der drei sind fast identisch. Alle sind sie schon etwas älter und haben einen Partner oder eine Mitbewohnerin verloren, seit dem Verlust schlafen sie schlechter als vorher, und alle drei wirken sie nicht unzufrieden mit ihrem Leben in der Klinik.

Nach dem Besuch der dritten Patientin sitze ich in der Kantine und betrachte das Buch, das mir der alte Mann gegeben hat. *Kunstfliegen* steht auf dem Umschlag. Es ist ein Buch über Flugzeuge, die am Himmel eine bestimmte Choreografie ausführen, ein Ballett für Piloten. Ich löffle meine Tomatensuppe und blättere durch die Schwarz-Weiß-Fotos mit den tanzenden Maschinen. Ich vergesse die Zeit, und meine Pause dauert länger, als sie darf. Auf dem Rückweg zum Nacht-Abhörraum wirkt der Gang noch stiller als sonst, meine schleppenden Schritte erzeugen ein verzögertes Geräusch.

Um fünf Uhr morgens sind die Stunden in der Klinik vorbei. Ich habe Stian dieses Mal nicht gesehen und beschließe, ihn für den Moment in Ruhe zu lassen, es gibt noch genügend Zeit, ihn zu besuchen.

Zu Hause mache ich Tee. Durch Ratnas Küchenfenster sehe ich, wie ein Nachbar rauskommt und mit seiner Joggingrunde anfängt. Neben dem Fußballfeld steht viel Schlafmohn in Blüte. In einem Reflex drücke ich gegen den Fensterrahmen, um zu kontrollieren, ob das Fenster wirklich geschlossen ist, ob kein Blütenstaub durch die Ritzen dringt.

Im Flur höre ich, dass Ratna wach ist.

»Du bist schon zurück!«, sagt sie, als sie in die Küche kommt. »Ich konnte wegen des Lichts nicht mehr schlafen, unsere Vorhänge sind nicht dick genug.«

»Da wächst plötzlich total viel Schlafmohn«, sage ich. Ich zeige nach draußen.

Ratna beugt sich vor, um durch das Fenster zu schauen.

»Ja. Weil es wärmer ist, sieht man den jetzt mehr als früher. Vielleicht konnte ich darum nicht mehr schlafen.« Sie richtet sich wieder auf. »Wir könnten ihn entfernen lassen, einfach sicherheitshalber.«

Ich will reagieren, aber als ich mich vom Fenster abwende, tanzen Sterne vor meinen Augen.

»Eliza, alles in Ordnung? Setz dich mal kurz hin.« Ratna schiebt mir einen Küchenstuhl hin. »Hast du heute Nacht überhaupt geschlafen?«

Sie füllt ein Glas mit Wasser, das sie neben mich auf den Tisch stellt.

Ohne etwas zu sagen, schaue ich zu dem Glas, auf dessen Boden ein Brotkrümel liegt, der langsam an Volumen zunimmt. Früher ließen Kasper und ich stundenlang Gummibärchen im Wasser aufquellen. Wir hofften auf ein Riesenbärchen, aber oft vergaßen wir sie, und dann hatten sie sich am nächsten Tag vollständig aufgelöst. Das Ergebnis war ein Glas verdünnte Schweinegelatine mit Farbstoff, einmal nahm ich einen Schluck, und mir war den Rest des Tages übel.

Ich denke an Kasper in seinem leeren Apartment in Taipeh. Ja, ich könnte zu ihm fliegen, aber ein anderes Leben und wieder eine neue Sprache kommen mir nicht attraktiv vor. Von Kasper verschieben sich meine Gedanken zu Stian, wie ich auf dem wogenden Boot neben ihm im Bett lag. Trotz der geschlossenen Türen fühle ich mich auf seltsame Weise wohl in der Klinik.

»Du übernimmst dich«, höre ich Ratna aus der Ferne. »Du bist ständig in Bewegung, erst Taipeh, dann das Hotel und jetzt hier. Das würde jeden erschöpfen. Warum suchst du dir nicht einfach eine neue Wohnung?«

Ich antworte nicht, denke noch immer an das Wogen der Schlummerklinik.

»Ich stelle es mir eigentlich ziemlich gut vor, Patientin in der Schlummerklinik zu sein«, sage ich dann.

»So ein Quatsch«, sagt Ratna.

»Ich glaube, ich fühle mich zu Hause an Orten, an denen Wurzeln schlagen nicht Sinn der Sache ist.«

»Schon möglich, aber ich glaube, du musst erst mal ins Bett«, sagt Ratna. »Wahrscheinlich fühlst du dich danach bedeutend besser.«

Zum zigsten Mal in dieser Woche gehe ich über die Laufplanke in die Schlummerklinik. Jetzt erst fällt mir auf, dass die Wände leicht leuchten. Vielleicht gehört das zur Schlafarchitektur, die nur in bestimmten Momenten sichtbar ist? Das Schimmern hat die Farbe von Glow-in-the-dark-Sternen. Ich erinnere mich an die Geschichte einer Frau, die nach einer Scheidung ihre Schlafzimmerdecke mit fluoreszierenden Sternen bedecken ließ, was sie sich schon seit langer Zeit wünschte, ihr Partner jedoch nicht erlaubte. Nach der Trennung war das das Erste, was sie tat, einen Fachmann beauftragen, in ihrem Schlafzimmer einen Sternenhimmel zu simulieren. (Offensichtlich gibt es die also, Glow-in-the-dark-Sternenhimmel-Fachleute.)

Je weiter ich in den Gang gelange, desto grüner wird das Schimmern. Am Ende des Ganges wächst ein Muster aus sich bewegenden Pflanzen aus den Wänden. In dem Wirrwarr erkenne ich den Schlafmohn, aber auch gigantische Blätter von Pflanzen, die ich in Taiwan gesehen habe. Durch das verschlungene Blättergrün entdecke ich Ratna und Stian, die sich einen Weg zu mir bahnen, ein Lachen im Gesicht. Die Klinik schaukelt auf den Wellen, und ich verspüre den unwiderstehlichen Drang, mich auf eines der Betten zu legen und in einen tiefen Schlaf zu sinken. Ich öffne eine beliebige Tür. Das Zimmer wirkt unbewohnt. Ich setze mich auf das Bett, dann lege ich mich hin. Im Flur sind Ratna und Stian miteinander im Gespräch, ich kann sie gut hören, sie halten sich nicht an das Ruhegebot. Sie sagen, ich sollte mir einen Hund anschaffen, damit ich weniger allein bin. Ich kann Hunde nicht ausstehen, das weiß Ratna doch. Verärgert will ich aufstehen und raus auf den Gang gehen, aber dann stoße ich mir den Kopf. Es dauert einen Moment, bis ich weiß, wo ich bin. Ich liege im Bett in Ratnas Gästezimmer.

Glow-in-the-dark

Blumen, die nachts blühen, haben oft einen starken Duft, damit Insekten sie im Dunkeln finden können. Aus diesem Grund haben auch viele Nachtblüher weiße Blüten, die Blütenblätter reflektieren das Licht, wodurch sie im Dunkeln besser sichtbar sind.

Es ist Kaffeepause. Einer der Teilnehmer erzählt, seine Tante sei gestern in die Klinik gekommen, er schaue später mal bei ihr vorbei. Ich beschließe, Merete von Stian zu erzählen und zu sagen, dass ich ihn auch gern besuchen will. Stavanger ist eine kleine Stadt, bestimmt gibt es mehr Leute im Kurs, die hier jemanden kennen.

Während unseres Gesprächs gibt Merete mir das Gefühl, ich würde zu lange für meine Worte brauchen, das macht mich nervös. Sie tickt rhythmisch mit ihrem Ring gegen einen Becher, während ich Sätze ohne Grammatik aneinanderklebe.

»Du möchtest also jemanden besuchen, der hier Patient ist«, sagt Merete. »Das geht, klar.«

Tatsächlich ist es kein Problem, mich mit Stian zu verabreden. Als ich ihm später in der Cafeteria gegenübersitze, fällt mir ein, dass ich nicht so recht weiß, wie ich mit Patienten umgehen soll, und schon gar nicht mit Freunden oder Verwandten, die sich in Patienten verwandelt haben. Plötzlich kommt mir die Vorstellung, in einer Klinik zu arbeiten, sonderbar vor. Ich bin nicht fürsorglich, das ist eine Eigenschaft, die ich einfach nicht besitze. Ratna ist da ganz anders, die kocht schon die ganze Woche für uns beide.

»Soll ich was zu trinken holen?«, fragt Stian.

Sogar jetzt, hier in der Klinik, ist er fürsorglicher als ich, die ich überhaupt noch nicht auf die Idee gekommen war, dass er vielleicht was trinken möchte.

»Ja«, sage ich.

»Einen Tee?«

»Ja, gerne.«

»Du siehst schon viel besser aus als vor ein paar Tagen«, sage ich, als er sich wieder zu mir setzt.

»Ja, ich fühle mich ganz okay«, sagt er.

Eine Frau in Pantoffeln schlurft an unserem Tisch vorbei, leise summt sie ein Schlaflied.

»Irgendwie kommt es mir ganz angenehm vor, hier Patient zu sein«, antworte ich. »Vor einer Weile dachte ich oft an Emily Dickinson, wie sie ihr Haus nicht mehr verließ. Sie muss es innerhalb ihrer Gartenhecken angenehmer gefunden haben als außerhalb. Das Problem ist, dass ich kein *innen* habe, für mich fühlt sich alles an wie *außen*. Ich kann mir vorstellen, dass ich mir darüber in der Klinik keine Sorgen machen würde.«

Stian schaut mich an, ich spüre, wie meine Wangen rot werden.

»Du beneidest also Emily Dickinson«, sagt Stian mit einem Grinsen im Gesicht.

»Na ja, du verstehst schon, was ich meine, ich fühle mich nirgendwo zu Hause«, sage ich.

»Du wohnst jetzt in einem Hotel?«

»Diese Woche bleibe ich bei einer Freundin. Ich müsste mir eigentlich Wohnungsanzeigen ansehen, aber ich komme nie dazu.« Ich will einen Schluck Tee nehmen, aber das Wasser ist noch zu heiß. Ich stelle den Becher zurück auf den Tisch. »Aber reden wir lieber über dich, du bist der Patient. Weißt du schon, wie lange du noch hierbleibst?«, frage ich.

»Sie sagten, es würde etwa sechs Wochen dauern, meinen Schlaf wieder in die Gänge zu bekommen. Mir macht es nichts aus, eine Weile hier zu sein.«

Im Bus zurück zu Ratnas Apartment wird mir klar, dass ich jetzt wirklich eine Wohnung finden muss. Ich kann Ratna nicht ewig zur Last fallen. Als ich mir auf meinem Handy die Anzeigen für Mietwohnungen ansehe, spüre ich Druck auf der Brust. Weil ich Angst habe, dass es wieder nicht klappen wird in Stavanger? Vielleicht nehme ich die Entscheidungen in meinem Leben zu ernst und sehe darum davon ab, etwas zu verwirklichen.

Auf der Website *finn.no* werden zwei kleine Apartments angeboten, die in mein Budget fallen. Das erste Foto zeigt ein helles Wohnzimmer, und ohne mir den Rest anzusehen, melde ich mich als Interessentin. Ich stecke das Handy in meine Jackentasche. Natürlich bekommen sie jede Menge Anfragen, aber jetzt kann keiner mehr sagen, ich würde es nicht versuchen.

Ratna stellt eine Auflaufform mit Lasagne auf den Tisch, und ich folge ihr mit Tellern und Besteck.

»Ich habe deinen Nachtpflanzen Wasser gegeben, es hat diese Woche kaum geregnet«, sagt Ratna, während sie sich hinsetzt. »Andreas kam noch vorbei. Er meinte, ich solle meine Zeit nicht vergeuden, er wolle den Boden ganz bald zupflastern lassen. Dieser Stümper.«

Ratna kaut auf einem Bissen Lasagne. »Du müsstest die Nachtpflanzen ausgraben und woanders wieder einpflanzen«, sagt sie dann. »Es wäre doch zu schade, wenn sie gleich wieder verschwinden.«

»Das ist wirklich eine gute Idee«, sage ich. »Ich könnte sie an der Schlummerklinik pflanzen. Dann muss ich sie nachts abholen, damit Andreas es nicht sieht.«

»Warum nachts? Ich würde sie einfach tagsüber ausgraben, der Boden gehört nicht Andreas.«

»Das stimmt. Ich habe bloß keine Lust, ihm zu begegnen. Sonst mache ich das am Wochenende, dann ist er nicht da.«

»Am Sonntag, dann ist Leo wieder mit dem Auto zurück, und ich kann dir beim Transport helfen«, sagt Ratna.

Wenn die Patienten wach sind

Tagsüber haben Patienten in der Schlummerklinik die Gelegenheit, an der Produktion eines Theaterstücks mitzuwirken. Da immer neue Leute hinzukommen und andere aus der Klinik entlassen werden, ist das Theaterstück ständig in Bewegung. Stian sagte, er habe mal bei einer Stunde über Method-Acting reingeschaut. Method-Acting ist eine Spielweise, bei der die Schauspieler versuchen, sich mit einer Figur zu identifizieren, indem sie sich möglichst tief in deren Emotionen und Beweggründe hineinversetzen und dabei aus eigenen Erfahrungen schöpfen. Das ist das Gegenteil vom epischen Theater, in dem der Schauspieler gerade versucht, auf Distanz zu bleiben.

Während der Stunde, an der Stian teilnahm, musste sich die Gruppe in die Flora und Fauna der Klinikumgebung hineinversetzen. Der Gedanke dahinter war, dass Natur eine beruhigende Wirkung hat, und darum wurden alle gebeten, sich in einen bestimmten Fisch oder in Seetang hineinzuversetzen und diesen anschließend möglichst gut darzustellen. Internet wird in der Klinik vermieden, aber jetzt bekam jeder eine Stunde Zeit, im Netz nach Informationen über den gewählten Organismus zu suchen. Stian hatte sich für einen gelben Fisch entschieden, den er in seiner Kindheit mal im Fjord schwimmen sah. Bloß hatte er keine Ahnung, was für ein Fisch das war, und als er ihn beschrieb, gab es niemanden in der Gruppe, der den Fisch erkannte. Stian war die ganze Stunde damit beschäftigt, den Namen des Tieres herauszufinden. Als die

Stunde vorbei war, hatte er nichts, worauf er hätte aufbauen können.

(Es kommt mir sehr beruhigend vor, mich in das Leben der Nachtblüher zu vertiefen. Wenn ich den Garten dicht neben der Klinik anlege, können Patienten sich während der Schauspielstunden in die Nachtpflanzen hineinversetzen.)

Ratna ist den ganzen Tag bei ihrer Mutter zu Besuch. Ich brauche heute nicht zu arbeiten, beschließe aber, Stian in der Klinik zu besuchen.

Stian sitzt ganz außen in der Cafeteria, neben dem Aquarium. Auf dem Tisch steht ein Tablett mit einem abgepackten dreieckigen Sandwich. Ich hätte natürlich etwas zu essen für ihn mitnehmen sollen, etwas vom Bäcker, zu blöd, dass ich nicht daran gedacht habe.

Am Tisch neben Stian scheinen zwei Frauen leise singend ein Gespräch zu führen.

»Was ist mit denen?«, frage ich Stian, als ich mich zu ihm setze.

»Sie ertrugen die Zischlaute vom Flüstern nicht mehr und beschlossen, lieber leise zu singen«, antwortete er. »Ich dachte, du hättest heute frei? Wie läuft die Ausbildung übrigens? Bist du schon fast fertig?«

»Die Module in der Schlummerklinik sind fast abgeschlossen«, antworte ich leise. »Danach gehen wir noch zwei Wochen mit einem Schlafwächter auf die Straße, und dann ist der Kurs vorbei. Seltsame Idee, es fühlt sich noch gar nicht so an, als wäre ich bald Schlafwächterin.«

»Daran gewöhnt man sich ganz von selbst«, sagt Stian. »Eines Tages siehst du jemanden vorbeikommen, der so müde aussieht, dass du in Panik die Schlummerklinik einschaltest. Und nach diesem ersten Mal wird es leichter.«

»Vielleicht hast du recht. Eigentlich gibt es da was,

was ich besprechen möchte«, fange ich zögerlich an. »Als ich noch am Institut war, habe ich einen Garten angelegt, einen Garten mit Pflanzen, die hauptsächlich nachts aktiv sind. Seit ich nicht mehr da arbeite, gibt Ratna ihnen ab und zu Wasser, aber ansonsten kümmert sich keiner um sie. Ratna hatte die Idee, die Pflanzen auszugraben, den Garten sozusagen zu verlegen. Ich will die Nachtblüher jetzt am Kai neben der Klinik pflanzen, da ist Platz genug.«

»Oh.« Stian sieht mich erstaunt an. »Und gibt es einen Grund dafür, dass du den Garten hier haben möchtest? Kannst du nicht ein wenig warten, bis du eine neue Wohnung gefunden hast? Vielleicht ist ein Stück Land dabei.« Stian öffnet die Plastikverpackung des Sandwiches und bricht das Sandwich in zwei Hälften.

»Wir müssen uns beeilen, Andreas will den Boden bald zupflastern lassen. Ich glaube nicht, dass ich eine neue Wohnung finde, bevor es so weit ist.«

»Nein. Hier, nimm auch ein Stück.« Über den Tisch reicht Stian mir eine Hälfte.

Schweigend essen wir das Brot mit Lachssalat. Die Frauen neben uns singen inzwischen ganz schön laut. Keiner sagt etwas dazu.

Am Sonntagnachmittag stehe ich umgeben von Müllsäcken voller Nachtblüher vor dem Institut und warte auf Ratna. Mit einer Schaufel habe ich die Pflanzen aus der Erde gehoben und vorsichtig in das schwarze Plastik gesetzt. Das Grundstück sieht jetzt chaotisch aus, um Andreas zu ärgern, habe ich Erde auf die Gehwegplatten geworfen.

»Ersticken die Pflanzen nicht?«, fragt Ratna beim Anblick der Müllsäcke.

»So kommt keine Erde ins Auto«, sage ich. »Und ich lasse die Säcke offen, dann kriegen sie genügend Luft.«

Ratna hat mich an der Schlummerklinik abgesetzt, und ich trage die Säcke einen nach dem anderen zu dem Grundstück neben dem Parkplatz. In dem hohen Gras wächst ein wenig Schlafmohn. Ich schaue zu den Müllsäcken und frage mich, ob Stian und die anderen Patienten mich von der Klinik aus sehen können, ob ich, von ihren Fenstern aus betrachtet, ein seltsames Theaterspiel aufführe. Da das Internet nur zu bestimmten Zeiten erlaubt ist, kann ich mir vorstellen, dass die Patienten oft aus dem Fenster schauen. Ich öffne einen der Müllsäcke, die Pflanzen sind durch den Transport ziemlich durchgerüttelt worden. Ich setze mich ins Gras. Hinter einer Wolke taucht die Sonne auf und erwärmt den Boden. Brummende Insekten und Wasser, das gemächlich gegen die

Kaimauern schwappt. Ich denke an die Patienten in ihren weichen Zimmern, wie schön es wäre, auf dem Wasser einzuschlafen. Durch eine leichte Brise neigt sich der Stängel eines Schlafmohns in meine Richtung. Plötzlich verspüre ich den Drang, an der Blume zu riechen. Wenn ich alle Nachtblüher heute noch einpflanzen möchte, kann ich durchaus was Anregendes gebrauchen, Schlafmohn statt einer Tasse Kaffee. Sowieso bin ich neugierig, ob diese Pflanze wirklich etwas bewirkt. Ich stecke die Nase zwischen die dünnen grauen Blättchen und atme tief ein, so tief, dass es ist, als würde der Blütenstaub bis in meine Lungen gelangen. Ich lege mich ins Gras, um auf den Effekt zu warten. Nach ungefähr zehn Minuten schaue ich, wie spät es ist. Ich spüre noch nichts, höchstens fühlt sich mein Kopf etwas schwerer an als vorher. Noch etwas später ist es jedoch, als würde ich alles doppelt sehen, ich hoffe nur, dass ich keine zu hohe Dosis eingeatmet habe. Die Sonne gibt immer mehr Wärme. Ich schaue hinauf, durch das Wirrwarr von Blumen und Gras sehe ich Schäfchenwolken vorbeitreiben. Mir ist schwindelig, als ich mich bewege, dann wird alles schwarz.

»Eliza, kannst du uns verstehen?«

Ich blinzle. Ich liege in einem Bett in der Klinik. Mein Kopf fühlt sich leicht an, und meine Muskeln sind steif. Ich atme ein, es ist, als würde ich den Duft des Schlafmohns noch immer riechen.

»Da bist du wieder. Ich wusste nicht, ob du geschlafen hast oder in Ohnmacht gefallen bist. Was machst du eigentlich hier, du hast heute doch frei?« Merete steht neben dem Bett. Eine Krankenschwester ist mit einem Blutdruckmessgerät zugange.

»Bleib heute Nacht nur hier«, sagt Merete, als ich nicht

sofort antworte. »Gibt es jemanden, den wir informieren sollen?«

»Nein, da ist niemand«, sage ich, meine Stimme klingt heiser. »Oder doch, Ratna, bitte sagt Ratna Bescheid, dass ich heute Abend nicht nach Hause komme.«

Als Merete und die Krankenschwester das Zimmer verlassen haben, setze ich mich langsam auf. Mir ist noch immer schwindlig. Von einer Ecke des Fensters aus kann ich die Müllsäcke sehen, es hat zu regnen begonnen, und die Säcke sind schon klatschnass. Ich lege mich wieder hin. Ich frage mich, ob ich eine Patientin bin oder einfach jemand, der mal kurz ein Nickerchen hält. Auf dem Schränkchen neben dem Bett steht eine Ampulle mit Schlaftropfen, die starke Variante, bestimmt hat die Krankenschwester sie vergessen.

Der Gedanke, dass man so ein Fläschchen in einem Mal austrinken kann, schießt mir durch den Kopf. Ich entleere das Fläschchen in einen Becher Wasser. Das Wasser wird trübe. Dann gieße ich den Becher über der Pflanze auf dem Nachtschränkchen aus. Langsam zieht die Flüssigkeit in die Erde, es verursacht ein sacht knisterndes Geräusch.

Anmerkungen

Über die Studie bei amerikanischen Unternehmen, in der festgestellt wurde, dass Schlafmangel pro Arbeitnehmer leicht etwa 2000 Dollar pro Jahr an Produktionsverlust kosten kann, las ich in *Das große Buch vom Schlaf* (*Why We Sleep: Unlocking the Power of Sleep and Dreams*) von Matthew Walker.

Die Idee eines Dokumentationsfilms über Emily Dickinson anhand von Vulkanen stammt aus *Rot* (*Autobiography of Red*) von Anne Carson.

Das Fragment über den Unterschied zwischen *turtles* und *tortoises*: https://www.britannica.com/story/whats-the-difference-between-a-turtle-and-a-tortoise.

Über den Pflanzenschlaf las ich in dem Buch *Die Intelligenz der Pflanzen* (*Brilliant Green: The Surprising History and Science of Plant Intelligence*) von Stefano Mancuso und Alessandra Viola. Ebenfalls sprach ich mit dem botanischen Philosophen Norbert Peeters über das Nachtleben der Pflanzen. Er beschreibt den Begriff »Pflanzenschlaf« in seinem Buch: *Botanische revolutie. De plantenleer van Charles Darwin*.

Der Roman von Leena Krohn, den Eliza liest, ist *Tainaron. Mail from Another City.*

Der Mann mit den Facettenaugen (*The Man with the Compound Eyes*) von Wu Ming-Yi zählt zu meinen Lieblingsbüchern.

Das Stück über den schlaflosen Soldaten und den Vogel, der einmal im Jahr von Alaska nach Mexiko migriert und dabei sieben Tage am Stück wach bleibt, beruht auf einer Passage aus *24/7. Schlaflos im Spätkapitalismus (24/7. Late Capitalism and the Ends of Sleep)* von Jonathan Crary.

Derek Jarman beschrieb seinen Garten in seinem Buch *Modern Nature*.

Unvollendete Ode an den Schlamm (*Unfinished Ode to mud*) ist der Titel eines Textes von Francis Ponge.

In dem Essayband *The Wave in the Mind* schreibt Ursula K. Le Guin in dem Kapitel »Being Taken for Granite«, dass sie Schlamm ist und nicht Granit.

Der Gedanke, dass es wenige Romane gibt, die mit einer Person enden, die einschläft, stammt aus *Der Freund* (*The friend*) von Sigrid Nunez.

Die Worte »Die Nacht treibt den Tag in die Erde« stammen aus dem Gedichtband *Tijd van de aarde* von Galina Rymboe, aus dem Russischen ins Niederländische übersetzt von Pieter Boulogne.

Das Stück über den italienischen Arzt Gerolamo Cardano, der dachte, das Einreiben der Zähne mit Hunde-Ohrenschmalz würde gegen Schlaflosigkeit wirken, fand ich auf der Website der Schlaf-App *Calm*: https://blog.calm.com/weirdest-insomnia-cure-ever.

Foto: © Irwan Droog

Ananda Serné, geboren 1988, ist eine niederländische bildende Künstlerin und Schriftstellerin. Sie verbrachte ihre Kindheit auf dem Frachtschiff ihrer Eltern auf den Wasserstraßen Europas und lebt derzeit in Norwegen. Ihre Kurzgeschichten wurden in verschiedenen niederländischen Literaturzeitschriften veröffentlicht. *Nachtblüher* ist ihr erster Roman.

Mehr unter: *anandaserne.nl*

Andrea Kluitmann wurde 1966 am Niederrhein geboren, hat in Bochum und Amsterdam Germanistik studiert und lebt heute in Amsterdam, wo sie als Übersetzerin und als Sprachtrainerin für AutorInnen und andere Kulturschaffende arbeitet. Für ihre Übersetzungen erhielt sie zahlreiche Auszeichnungen, zuletzt den Gustav-Heinemann-Friedenspreis 2023.

Mehr unter: *andreakluitmann.nl*